Charmed

LE SECRET DES DRUIDES

Traduit de l'américain
par Florence Mantran
et adapté pour l'édition jeunesse
par Nouannipha Simon

Charmed

Le secret des druides

Un roman original d'Eloise Flood
d'après la série télévisée « Charmed »
créée par Constance M. Burge

Édition Jeunesse

POCKET
jeunesse

Titre original :
The Legacy of Merlin

Loi n° 49-956 du 16 juillet 1949 sur les publications destinées à la jeunesse : juin 2003.

ISBN 2-266-13305-5

CHAPITRE PREMIER

Le nez plaqué contre la vitre du minibus, Phoebe regardait défiler la campagne anglaise sous un soleil timide.

— Regardez ce château en ruine en haut de la colline !

Prue esquissa un sourire amusé :

— Ne t'emballe pas. Ce n'est pas Camelot.

Piper, qui était assise derrière ses deux sœurs, étouffa un gloussement.

— Tu es sûre ? J'aurais pourtant juré voir Lancelot arriver au galop devant le pont-levis. Je reconnaîtrais son armure entre mille…

— Oui, et moi, je croise les chevaliers de la Table ronde chaque nuit dans mes rêves, renchérit Prue en se retournant pour lui lancer un clin d'œil complice.

— Moquez-vous de moi… N'empêche qu'on est en plein cœur du royaume d'Arthur ! Vous ne sentez pas la magie planer dans l'air ?

— Je croyais que nous étions en vacances ? lança Piper. Pas de magie !

— Tu ne vas pas me dire que Merlin ne t'intéresse pas, quand même ?

— J'ignorais que tu avais un faible pour les vieillards à barbe blanche.

— Très drôle, Piper. Remarque, Merlin a dû être un jeune et beau garçon, lui aussi… Ce serait pratique d'avoir un petit ami magicien, non ? Vu que nous sommes…

— Phoebe ! la coupa Prue en roulant de gros yeux vers le chauffeur.

Mais ce dernier ne prêtait aucune attention à leur conversation. Les trois sœurs Halliwell étaient seules dans la navette qui les menait de l'aéroport à leur hôtel. Elles pouvaient parler à leur guise. Prue préférait cependant rester prudente. Mieux valait garder l'habitude de ne pas parler de leur petit secret en public. Personne ne devait savoir qu'elles étaient les *Charmed*, et qu'elles comptaient parmi les sorcières les plus puissantes de l'histoire.

— Hay-on-Wye, mesdames, annonça le conducteur. Sur votre gauche : le château de Hay, du moins ce qu'il en reste. Il a été construit au XIIIe siècle par Lady Mathilda de Hay. Selon la légende, c'était une géante. Elle avait le pouvoir de jeter d'énormes blocs de pierre au loin, et dévorait tous ceux qui avaient le malheur de lui déplaire.

— Wouah ! s'émerveilla Phoebe, les yeux pétillants.

La ville en contrebas était en bien meilleur état que le château. On se serait cru en plein Moyen Âge s'il n'y avait eu des voitures et des enseignes publicitaires.

— Cela nous change de San Francisco ! s'exclama Prue. Je me demande où se trouve la librairie d'Evan Rhys. J'ai rendez-vous avec lui dans... hum... trois heures. Il possède un livre d'heures avec des enluminures très rares.

— Tu es incorrigible ! la gronda gentiment Piper. Quand cesseras-tu de penser tout le temps au travail ? Moi qui souhaitais profiter de notre première journée ici pour me balader dans les environs...

— Mais c'est ce que vous allez faire toutes les deux ! Ne vous occupez pas de moi, les filles. J'adore chiner chez les antiquaires.

— Le boulot avant tout, n'est-ce pas ? la taquina sa sœur cadette. Tu ne changeras jamais !

La navette s'arrêta devant une jolie maison en brique recouverte de lierre, tout près du centre-ville.

— Voici l'hôtel Trelawney, annonça le chauffeur.

Les trois sœurs descendirent et se rendirent à l'accueil prendre les clés de leur suite. C'était un endroit calme au luxe raffiné. Leur appartement comportait une grande chambre avec un lit double, un salon et une immense salle de bains.

— Wouah ! C'est génial ! Je vous laisse la chambre, décida Phoebe en posant son sac sur le lit d'appoint déplié à côté du divan. M. Claiborne sait comment traiter ses collaborateurs.

— Je dois avouer que travailler dans ces conditions est un vrai plaisir ! Je vais profiter de ce que vous vous installez pour prendre une douche.

— Dépêche-toi, qu'on ait le temps aussi de se rafraîchir avant d'aller déjeuner !

— Et ne prends pas toute l'eau chaude !

— Promis ! Mais laissez-moi un peu de place dans les placards.

— Pas de problème.

Une heure et demie plus tard, elles quittaient leur chambre, fraîches et détendues. Prue portait une petite robe de lin bleue tandis que ses sœurs s'étaient contentées de passer des jeans et un T-shirt blanc.

Elles profitèrent de cette belle journée de juin à la terrasse d'un petit restaurant, sur la place du marché.

— C'est fou ce qu'il y a comme boutiques de livres anciens, dans cette ville, fit observer Piper en sirotant son café glacé. J'en ai vu au moins dix rien que sur le chemin d'ici à l'hôtel !

— Hay est connue des collectionneurs du monde entier pour ses ouvrages rares.

— J'en ai repéré une juste au coin de la rue, déclara Phoebe en indiquant la devanture d'une librairie un peu plus loin. Vous avez vu son enseigne ? *Caer Wydyr* ! C'est dingue, non ?

Ses deux sœurs firent une moue intriguée.

— C'est le nom du château de Merlin, en celte. Il serait entièrement construit en verre. C'est là que le mage gardait ses livres de sorts. Ça vous dirait d'aller y jeter un coup d'œil ?

— C'est une obsession, les chevaliers de la Table ronde, chez toi ! s'écria Piper.

Prue sourit. La passion de Phoebe pour les légendes anciennes était devenue un sujet de plaisanterie chez les Halliwell.

— Bon, il faut que j'aille travailler. Qui veut m'accompagner ?

Piper se leva aussitôt.

— Moi !

— Je vous retrouve plus tard, à l'hôtel, décida Phoebe. Ce *Caer Wydyr* m'intrigue. Je vais y faire un tour.

Sa sœur aînée fronça les sourcils.

— Promets-moi de rester prudente. Si c'est un magasin spécialisé dans la sorcellerie, on ne sait pas sur qui tu pourrais tomber.

Elle gloussa.

— Ne t'en fais pas, je vais juste fouiner un peu. Et puis, je ne vois pas ce qui pourrait m'arriver !

— C'est justement ça, le problème, rétorquèrent ses deux sœurs à l'unisson.

— Elle serait bien capable de dégoter un livre de magie noire et d'invoquer un démon ou deux, marmonna Prue d'un air sombre.

— Ne t'inquiète pas, répondit Piper en admirant les ruelles animées de la ville. Elle est plus raisonnable que tu ne le crois.

— Oui, tu as raison. Mais toi, qu'est-ce qui te tracasse comme ça ? Je te trouve bien pensive depuis ce matin…

— Oh, tout va bien, c'est juste que…

Elle poussa un profond soupir et semblait chercher ses mots.

— Attends, laisse-moi deviner. Tu penses à Léo, n'est-ce pas ?

La jeune femme haussa les épaules et esquissa une grimace.

— Oui… Je me suis mise à repenser à lui quand Phoebe a parlé d'avoir un petit ami sorcier. Moi, je trouve que ce n'est pas une si bonne idée que ça… Regarde ce que ça a donné avec Léo !

Son petit ami était en effet un Ange Blanc, une sorte d'ange gardien, protecteur de tous ceux – sorcières y compris – qui luttent contre les forces du mal. Il avait fait irruption dans sa vie en tant que simple ouvrier venu faire quelques réparations dans leur maison avant de dévoiler sa véritable identité.

— Je n'arrive pas à m'habituer au fait qu'il se volatilise au beau milieu d'un dîner en amoureux pour courir au secours d'un parfait inconnu ! Sans compter les fois où il affronte un de ces horribles Anges Noirs ! Cela me rend folle de savoir que je risque de le perdre… Du coup, je culpabilise d'être aussi égoïste, et, après, je lui en veux parce que je culpabilise à cause de lui... Tu vois ce que je veux dire ?

— Je te comprends parfaitement, la rassura sa sœur en lui prenant le bras. Mais je trouve que tu gamberges trop. Le principal, c'est que tu aimes Léo et que, lui, il t'adore. Tu ne penses pas ?

— Si, bien sûr.

— Alors, arrête de t'en faire... Ah, je crois qu'on est arrivées.

Au-dessus d'une vieille devanture une enseigne annonçait en lettres calligraphiées : *Evan Rhys*. Une odeur de parchemin et de vieux cuir les accueillit. La boutique n'était pas très grande, mais semblait regorger d'ouvrages précieux. Il faisait frais et sombre.

— J'en ai pour moins d'une heure, annonça Prue en se dirigeant vers le fond de la librairie. On fera un peu de shopping après, si tu veux. D'accord ?

— Pas de problème ! Prends ton temps, ce n'est pas la lecture qui manque ici...

Piper se promena le long des étagères couvertes de livres et en sortit un au hasard. *Fleurs sauvages de Wye Valley*, lut-elle sur la couverture reliée. Elle le feuilleta distraitement. Il y avait de très beaux dessins à l'encre de Chine.

— Excusez-moi, déclara une voix grave derrière elle.

C'était un vieux monsieur très élégant, complètement chauve, avec une moustache touffue, qui voulait attraper un ouvrage du même auteur sur le soin et l'entretien des roses.

Elle sourit et lui montra celui qu'elle était en train de consulter.

— Ce M. Throckmorton a l'air d'en connaître un bout sur les fleurs, non ?

— Pardon ?... Euh... Oh, oui. Il enseignait la botanique à l'université. Un peu excentrique, d'après ce que l'on raconte, mais un véritable spécialiste des roses. Il a aussi consacré de nombreuses études aux plantes sauvages. Je n'ai jamais compris sa passion pour de telles futilités... Ce ne sont après tout que de vulgaires herbes...

— Vous trouvez ? En tout cas ces dessins sont ravissants.

— Euh, oui, oui...

Il se racla la gorge d'un air embarrassé et parut soulagé lorsqu'un assistant s'avança vers lui.

— Sir Andrew, voici le livre sur le mildiou que vous cherchiez.

— Ah, parfait. Je vous remercie. (Puis se tournant vers Piper :) Euh... au revoir, mademoiselle.

— Au revoir !

Le parfait châtelain anglais... songea la jeune femme amusée.

Elle continuait d'admirer les représentations minutieuses de Throckmorton quand elle tomba sur le chapitre « Petits Bouquets et autres Charmes d'Amour ».

Il y avait des recettes de filtres d'amour mais aussi des indications sur l'association de certaines essences pour rendre un homme fou amoureux. Le mélange des parfums à lui seul pouvait être efficace.

Tiens, tiens, je vais peut-être trouver une façon de garder Léo auprès de moi pour toujours...

Elle serra le livre contre elle et alla le payer à la caisse.

— Pourriez-vous dire à la jeune femme qui parle avec M. Rhys de me rejoindre à l'hôtel, s'il vous plaît ? demanda-t-elle au vendeur.

— Bien sûr, mademoiselle.

Elle sortit du magasin d'un pas léger et se mit à la terrasse ensoleillée d'un café pour se plonger dans la lecture du chapitre qui l'avait attirée, avant de rentrer à l'hôtel.

La vendeuse de la librairie avait disparu. Phoebe se demandait si *Divinationum* signifiait divination. Elle regrettait parfois de n'avoir pas fait de latin à l'école. Ce livre aurait certainement pu lui donner de précieuses informations sur ses visions prémonitoires.

La jeune femme s'enfonça dans la boutique et aperçut un jeune homme, dans l'allée voisine. Il était très séduisant avec ses cheveux bruns tirés en queue-de-cheval et son pantalon en cuir noir, mais elle doutait qu'il puisse la renseigner. Il n'avait pas du tout l'air d'un rat de bibliothèque spécialisé en langues mortes.

Elle choisit un livre qui avait l'air plus récent. *De Præstigiis et Incantationibus Dæmonium et Necromanticorum*, annonçait le titre.

— De mieux en mieux, soupira-t-elle. Il n'y a donc pas un seul bouquin en anglais ?

Elle qui était venue ici dans l'espoir d'en savoir un peu plus sur le monde de la magie, elle se retrouvait au milieu d'une mine de connaissances malheureusement indéchiffrables.

Dépitée, elle se tourna pour remettre le *De Præstigiis* à sa place. Mais l'ouvrage était lourd et encombrant ; il lui glissa des mains. Elle le rattrapa de justesse. Une page s'en échappa et tomba par terre. On aurait dit un vieux parchemin.

Phoebe se baissait pour le ramasser quand une main vint se refermer sur la sienne.

Elle eut un mouvement de recul et sentit une présence dans son dos. C'était l'homme au pantalon en cuir !

Elle ne l'avait pas entendu s'approcher. Que voulait-il ? Son visage à quelques centimètres à peine du sien, la jeune fille soutint son regard froid. Il avait les yeux gris-bleu et la scrutait avec intensité. Elle retint son souffle et se sentit étrangement mal à l'aise. Ils restèrent ainsi à se fixer en silence un long moment. Puis elle sentit qu'il essayait de s'emparer du parchemin.

— Attention, vous allez le déchirer! le prévint-elle.

— Donnez-le-moi! intima-t-il d'une voix autoritaire.

— Tenez... Mais ce n'était pas la peine de vous fâcher.

Il l'ignorait déjà pour se concentrer sur le bout de papier qu'il examina avec minutie avant de lâcher un soupir agacé et de le laisser tomber à terre.

Phoebe lui jeta un regard interloqué. Alors qu'il tournait les talons, elle le retint par le bras et lui demanda:

— Qu'est-ce qui...

Elle ne finit pas sa phrase. Une vision s'imposa à elle avec violence. Elle chancela et dut se cramponner à une table pour ne pas défaillir.

La lande était balayée par une forte bourrasque. Devant elle se tenait un homme avec une cape en fourrure sur les épaules. Elle reconnut celui qui venait de lui disputer le parchemin. Dos au vent, il portait un enfant dans les bras. Un nouveau-né, visiblement. Ils étaient tous deux rivés au regard l'un de l'autre.

Phoebe sentit une vague d'amour la submerger, si forte qu'elle en eut le souffle coupé. Mais cet amour était accompagné d'une immense tristesse.

La vision s'évanouit peu à peu, le magasin reprit forme autour d'elle. Le jeune homme la fixait avec stupeur.

Puis tout devint subitement noir. Elle eut à peine le temps de percevoir une lueur d'affolement dans les yeux du jeune homme avant de s'écrouler, inconsciente.

CHAPITRE 2

Ses oreilles bourdonnèrent et elle ne sentit plus rien si ce n'est la pression de mains puissantes qui la retenaient dans sa chute. Phoebe ne savait si cela avait duré une seconde ou une éternité. Quand elle rouvrit les yeux, elle était assise sur un escabeau, penchée en avant, la tête entre les genoux. La petite dame replète qui l'avait accueillie dans le magasin la dévisageait avec inquiétude et, à ses côtés, se tenait l'homme aux longs cheveux bruns.

À la vue de ce dernier, des souvenirs de sa vision lui revinrent soudain et son cœur se mit à battre plus fort. Qui était cet inconnu ? Était-ce son enfant qu'il tenait dans ses bras ? Que devait-elle en retenir ? Était-ce un avertissement, une prémonition ?

Elle essaya de reprendre son calme.

— Mademoiselle a eu un malaise, expliqua-t-il à la vendeuse.

Il avait un léger accent, mais Phoebe n'aurait pu dire d'où il venait.

— Vous sentez-vous mieux ? lui demanda la femme. Voulez-vous que j'appelle un médecin ?

— Non... non, merci. Je me sens mieux. Je... j'ai juste eu un étourdissement. Ça doit être le décalage horaire.

— Le décalage horaire ? s'étonna le jeune homme.

— Oui, j'arrive de Californie, mon horloge biologique n'a pas encore eu le temps de s'y faire.

— Je... je...

Il semblait soudain agité.

— Je vais vous faire une tasse de thé. Cela vous remettra d'aplomb, fit la vendeuse en souriant.

De nouveau seule avec le mystérieux inconnu, elle lui tendit la main et se présenta :

— Je m'appelle Phoebe Halliwell. Merci de m'avoir rattrapée dans ma chute. Je... Je suis américaine, mais... j'imagine que vous l'aviez deviné.

Elle parlait avec précipitation sans réussir à masquer sa nervosité.

Il esquissa un sourire amusé, ce qui donna à son visage sévère un air beaucoup plus doux.

— Je ne suis pas d'ici non plus. Je m'appelle Niall Oldman et je suis ravi de rencontrer une autre étrangère.

Il prit sa main et la porta à ses lèvres pour y déposer un léger baiser. Elle eut un frisson. Le baisemain était une coutume démodée mais cet homme le faisait avec un tel naturel...

— Qu'est-ce qui vous amène à Hay-on-Wye ? lui demanda-t-elle en rougissant.

— Des affaires me retiennent ici.

Cette façon qu'il avait de s'exprimer et sa courtoisie désuète intriguaient Phoebe. Elle n'était pas non plus insensible à son charme ténébreux.

— Vous êtes dans le commerce des livres anciens ?

Il allait lui répondre quand l'horloge sonna deux heures. Il se ravisa et la salua d'un petit signe de tête.

— Je dois malheureusement vous quitter. On m'attend.

— Oh... Eh bien, merci de... vous être occupé de moi.

— Ce fut un plaisir. Un réel plaisir.

Elle le regarda se diriger vers la sortie avec le cœur serré.

Fais quelque chose... Ne le laisse pas s'en aller comme ça !

Elle prit une profonde inspiration et lança tout à trac :

— Accepteriez-vous de... de dîner avec moi, ce soir ?

Il s'arrêta et hocha la tête avant de se retourner.

— Vous êtes plutôt directe, mademoiselle.

Puis il sourit.

— Ce n'est pas pour me déplaire.

— Je suis à l'hôtel Trelawney. Passez donc me prendre à sept heures.

— Je n'y manquerai pas.

Phoebe n'en revenait pas de son audace !

Il passa le pas de la porte et elle le vit disparaître au détour de la rue.

C'est alors que la vendeuse vint tirer la jeune femme de ses pensées, avec une tasse de thé fumant.

— Buvez, cela va vous faire du bien.

— Merci, c'est vraiment très gentil de votre part.

— Voilà que vos couleurs reviennent déjà. Vous sentez-vous mieux ?

— Oui... je crois.

Prue sortait enfin de son dernier rendez-vous professionnel. Elle s'arrêta à un café pour souffler un peu. La journée avait été longue mais productive. La jeune femme avait réussi à acheter un ouvrage que recherchait Claiborne depuis quelques temps déjà et elle avait contacté deux revendeurs susceptibles de la mener à d'intéressantes découvertes.

Sur le chemin de l'hôtel, elle passa devant une échoppe de fruits. Il ne restait plus grand-chose en fin de journée, à part quelques fraises. Leur parfum était irrésistible. La vieille femme qui les vendait lui adressa un sourire chaleureux.

— Vos fraises sentent drôlement bon.

— Je les fais pousser dans mon verger et je les ai cueillies ce matin. Tenez, goûtez-en une.

Prue ne put résister à la tentation.

— Hum... Cela me rappelle les soirs d'été, quand j'étais petite. Ma mère nous faisait de délicieuses tartes aux fraises.

À ce souvenir, elle sentit son cœur se serrer. Elle n'avait pas encore dix ans quand sa mère était morte, tuée par un démon.

— Je vais vous prendre une barquette. Mes sœurs adorent ça.

— Si vous en voulez d'autres, revenez me voir. Je suis là qu'il pleuve ou qu'il vente. J'aurai bientôt des cerises. Regardez comme les branches croulent sous les fruits.

Prue se tourna dans la direction que lui indiquait la vieille femme et aperçut, tout au bout de l'allée, un petit cottage blanc, derrière un mur de briques.

— Oh, je vois. Je reviendrai vous en acheter, promis. Au revoir, madame...

— ... Jeffries. Charmée d'avoir pu bavarder avec vous, mademoiselle. Revenez quand vous voulez, vous serez la bienvenue.

De retour à l'hôtel, elle eut la surprise de trouver Phoebe devant le miroir et Piper allongée sur le divan en train de commenter les tenues que la première essayait. Il y avait des vêtements et des chaussures étalés partout.

— Qu'est-ce qui s'est passé ici ? Il y a eu un raz-de-marée ? Mais... ce sont mes sandales que tu portes !

— Ce sont les seules qui vont avec cette jupe. Tu veux bien me les prêter ?

— Tu ne vas pas en croire tes oreilles, intervint Piper sans lui laisser le temps de répondre. Pendant que tu travaillais et que, moi, je me cultivais, Phoebe, elle, a donné rendez-vous à un type qu'elle a rencontré dans une librairie ! Et ce n'est pas tout. Elle s'est évanouie dans ses bras après avoir eu une vision de ce charmant jeune homme avec un bébé dans les bras ! La voilà maintenant persuadée d'avoir rencontré l'homme de sa vie...

— Quoi !?

— Je n'ai jamais dit ça ! C'est vrai que je le trouve séduisant et que nous dînons ensemble ce soir, mais je n'ai jamais affirmé que le bébé qu'il portait pouvait être le nôtre !

Prue secoua la tête et se laissa tomber à côté de Piper.

— Je ne comprends rien à vos histoires. Vous allez me faire le plaisir de tout reprendre depuis le début.

— Tout a commencé chez *Caer Wydyr*. Il y avait plein de bouquins en latin et je cherchais quelqu'un pour me renseigner quand je suis tombée sur Niall...

Prue ne put s'empêcher de frissonner lorsque sa sœur lui rapporta sa vision.

D'après son expérience, ce genre de rencontre était rarement le fruit du hasard. Depuis qu'elles avaient appris qu'elles possédaient des pouvoirs surnaturels, les trois jeunes femmes avaient dû affronter un nombre incroyable de personnes qui voulaient les tuer ou s'emparer de la puissance des *Charmed*.

— Je ne pouvais pas le laisser partir comme ça, poursuivit Phoebe. Alors, je lui ai donné rendez-vous ce soir à sept heures.

— Tu ne sais rien de lui !

— Si. Enfin... Il m'a un peu fait peur au début, mais dans ma vision, j'ai senti que je ne courais aucun danger avec lui. Il dégage quelque chose de bon.

Devant l'air affolé de son aînée, elle insista :

— Ne t'inquiète pas. Mon instinct me trompe rarement dans ce genre de situation.

— Je sais, Phoebe, seulement...

Piper s'éclaircit la gorge et tapota le cadran de sa montre.

— Il ne va pas tarder...

Comme pour lui donner raison, des coups résonnèrent à la porte.

— Qu'est-ce que je vous disais ? Il est ponctuel.

— Oh, non ! Je n'ai même pas fini de me préparer...

— Tu es superbe ! la rassura Piper.

— Bon, coupa Prue en allant ouvrir, voyons voir à quoi ressemble ce type !

Niall Oldman la salua d'un large sourire. Elle dut reconnaître qu'il ne manquait pas de charme, même s'il n'était pas du tout son genre. Mais elle aurait voulu rappeler à sa sœur que le diable lui-même pouvait prendre un aspect amical et chaleureux.

Elle s'écarta et le laissa entrer.

— Prue Halliwell, déclara-t-elle avec froideur. Je suis la grande sœur de Phoebe.

Cette dernière alla à la rencontre du jeune homme et lui prit le bras d'un air complice.

— Elle a l'air sévère, comme ça, mais elle est adorable, en fait. Ne vous laissez pas impressionner, surtout. Et voici Piper, mon autre sœur.

Avec un sourire forcé, elle ajouta :

— Les filles, je vous présente Niall Oldman. Voilà... Je crois que nous pouvons y aller.

— Attends ! la retint Prue. Et si on prenait un verre ensemble pour faire plus ample connaissance ? Vous irez dîner ensuite.

— Avec plaisir, s'empressa de répondre le jeune homme.

Phoebe lança un regard lourd de reproche à sa sœur et invita son compagnon à s'asseoir sur le divan.

— Alors, Niall, d'où venez-vous ? demanda Prue en prenant place dans le fauteuil, face à lui.

— Oh, d'une petite ville dont vous n'avez certainement jamais entendu parler. Elle se trouve assez loin, dans le Sud-Ouest.

Ce n'était pas très précis.

— Je vois. Et, que faites-vous à Hay?

— De la recherche. Je suis universitaire : mes études portent sur les légendes relatives au roi Arthur.

— C'est incroyable ! s'écria Phoebe. Quelle coïncidence !

Ben tiens donc... songea Prue. *Je trouve ça plutôt inquiétant comme hasard...*

— Et vous ? demanda-t-il à son tour. Vous... travaillez ?

Prue le dévisagea avec stupeur.

— Si je travaille ? Bien sûr ! On dirait que cette idée vous dérange.

— Oh, non, pas du tout ! Je trouve au contraire merveilleux que les femmes participent plus à la vie active de nos jours.

— Ma sœur vend des antiquités, expliqua Phoebe en faisant les gros yeux à son aînée. Elle est ici pour acheter des livres que recherche un collectionneur américain.

— Et où logez-vous ? s'enquit alors Piper.

— Sur Oxford Road. Dans un appartement que je partage avec un colocataire.

— Combien de temps comptez-vous séjourner ici ? reprit Prue.

Il haussa les épaules.

— Quelques jours. Le temps de finir mes recherches.

— Bon, je crois que cela suffit pour aujourd'hui, les interrompit Phoebe, irritée de la tournure que prenaient les choses. Niall, il faut excuser ma sœur pour cet interrogatoire en règle. Elle ne peut s'empêcher de me materner depuis le décès de notre mère. C'est plus fort qu'elle.

Il sourit.

— Oh, cela ne me gêne pas le moins du monde. C'est normal entre frères et sœurs de veiller les uns sur les autres. Mais… j'avoue que toutes ces questions m'ont mis en appétit. Allons dîner.

Prue n'essaya pas de les retenir cette fois, visiblement embarrassée de s'être montrée si indiscrète.

Dès que la porte se fut refermée derrière eux, elle confia cependant à Piper :

— Je n'aime pas ça… Ce type ne m'inspire pas confiance.

— C'est vrai que Phoebe ne se rend pas toujours compte du danger, mais je ne crois pas qu'elle risque grand-chose avec lui. Elle a ressenti de l'amour dans sa vision. Et ses visions ne la trompent jamais.

— Je sais, mais… si elle les interprétait de travers ? Peut-être était-il en train de kidnapper cet enfant ?

— Phoebe n'a senti aucune menace ni envers elle ni envers le bébé.

— J'espère que je me fais du souci pour rien...

— J'ai deviné ton secret... déclara Phoebe avec un sourire malicieux.

— Ah oui ? s'étonna Niall. Et qu'est-ce que c'est ?

La jeune femme se pencha au-dessus de son assiette et murmura d'un air très sérieux :

— C'est la première fois que tu manges indien !

Il éclata de rire.

— Tu es décidément très douée. C'est vrai, je n'avais jamais mis les pieds dans un restaurant indien jusqu'à ce jour ! Mais l'agneau tandoori fait maintenant partie de mes plats préférés.

— Tu es donc un homme de goût.

Ils rirent de bon cœur. Lorsque le serveur eut débarrassé leurs couverts, Phoebe posa un coude sur la table et dévisagea son compagnon. Il était vraiment étonnant. Extrêmement cultivé et ouvert sur le monde, il semblait pourtant ignorer des tas de choses. C'était des détails anodins, mais comment pouvait-il avoir passé toute sa vie en Angleterre, sans avoir jamais mangé indien ? C'était comme vivre à San Francisco sans jamais avoir mis les pieds à Chinatown. Impensable. De même qu'il ignorait toute référence à la télévision. Quand elle lui avait fait remarquer que l'un des serveurs ressemblait à M. Spock, il l'avait regardée d'un air absent. Même si c'était une vieille série, tout le monde connaissait *Star Trek* !

Il devait faire partie de ces intellectuels qui n'avaient pas la télé et qui passaient leur temps dans les bibliothèques.

— La nuit est superbe, remarqua-t-il. Que dirais-tu d'une balade au bord de l'eau ?

— Oh, quelle bonne idée !

La rivière Wye était à deux pas du restaurant. Au clair de lune, l'eau scintillait de mille reflets argentés.

— Toi qui es un spécialiste des chevaliers de la Table ronde, peux-tu me dire si le roi Arthur a vraiment existé ?

— Oui. Il avait bien une table ronde, et un château – ou plutôt une forteresse – nommé Camelot. Mais c'est à peu près tout ce qui est vrai à son sujet. La légende rapporte des histoires de tournois, de chevalerie et tout le folklore, mais cela n'a pas de sens. Ces choses-là n'existaient pas à l'époque d'Arthur. Elles sont nées une centaine d'années plus tard. Il n'était pas un chevalier revêtu d'une armure d'argent. Il ne savait même pas monter à cheval.

À cette révélation, Phoebe sentit son excitation retomber.

— Oh, je pensais pourtant que... Et Merlin l'Enchanteur ? Il a vraiment existé, ou c'est une légende aussi ?

— Non, il a bien existé. C'était le conseiller en qui Arthur avait la plus grande confiance, au début de son règne.

— Et, tu crois que c'était un... un... magicien ?

Phoebe retint son souffle.

— Tu veux dire : avait-il un chapeau pointu, et changeait-il les gens en grenouilles d'un coup de baguette ? Non. Merlin était un druide, quelqu'un qui pratiquait la magie ancienne et invoquait les puissances de la terre, des arbres et des pierres. C'était le plus grand de tous. Son pouvoir n'avait pas d'égal.

Le cœur de la jeune femme se mit à battre plus vite. Niall croyait donc en la magie...

Il s'arrêta soudain et lui fit face. Ses yeux pétillaient sous le clair de lune.

— C'est du moins ce que je crois. Mais ces événements se sont déroulés il y a près de mille cinq cents ans.

Ils reprirent leur marche en silence, côte à côte.

La main de Phoebe effleura par accident celle de Niall.

Un délicieux frisson lui parcourut le corps. Elle se tourna vers lui, le cœur battant à tout rompre. Avait-il ressenti la même chose ?

C'est alors qu'il se pencha vers elle et lui déposa un baiser sur les lèvres.

Il la prit dans ses bras et ils restèrent ainsi enlacés un long moment.

Jamais elle n'avait ressenti quelque chose comme ça... C'était doux et fort à la fois. Elle leva les yeux vers lui et vit qu'il était aussi troublé qu'elle.

— Je… je crois que je devrais rentrer, maintenant, souffla-t-elle dans un murmure.

Tout allait beaucoup trop vite.

— Ne pars pas tout de suite. Je…

Il s'interrompit, et poursuivit, comme à regret :

— C'est peut-être mieux ainsi. Mais pourrai-je te revoir ? Demain soir ?…

— Demain soir, oui.

Elle s'arracha de son étreinte à contrecœur et partit en courant.

CHAPITRE 3

Piper mordit avec appétit dans sa tartine de confiture.

— Mmmh, c'est bon!

— C'est vrai, acquiesça Prue. Rien de tel qu'un petit déjeuner anglais. Alors, qu'avez-vous prévu toutes les deux aujourd'hui?

— L'hôtel propose une visite guidée du château, à onze heures. Ça t'intéresse, Phoebe?

Leur petite sœur jouait avec un bout de pain, perdue dans ses pensées. Elle n'avait encore rien avalé.

Piper lui passa une main devant le visage.

— Il y a quelqu'un?

— Hein... quoi?

— Je te demandais si tu voulais visiter le château. Mais tu ne m'as même pas écoutée. À quoi rêves-tu?

— Comment s'est passé ton dîner hier soir? l'interrogea Prue.

La jeune femme était rentrée tard et ses sœurs dormaient déjà à poings fermés.

— Hum… très bien. On doit se revoir ce soir…

Elle rougit légèrement en voyant le regard inquisiteur de ses aînées.

— Je crois… je crois que je suis en train de tomber amoureuse.

— Wouah ! s'exclama Piper. Tu ne perds pas de temps, dis-moi. Il est si séduisant que ça ?

La mine renfrognée de Prue ne leur échappa ni à l'une ni à l'autre.

— Il est incroyable. Il m'a même avoué croire à la magie !

— Quoi !? s'écria Prue. Ne me dis pas que tu lui as parlé de magie ! Tu es complètement inconsciente ou quoi ?

— Ne t'inquiète pas ! Il ne sait rien de nos pouvoirs ; je l'ai juste questionné sur Merlin l'Enchanteur, et il m'a répondu que c'était le plus grand des druides. La façon qu'il avait d'en parler m'a convaincue qu'il y croyait, c'est tout.

— Tu es bien trop naïve ! Ce type se moque de toi… Il faudrait être aveugle pour ne pas le voir.

— Je ne crois pas que… intervint Piper.

— N'importe quoi ! riposta Phoebe. Je sais ce que je fais, Prue. Arrête de me prendre pour une imbécile.

— Hum… les filles…

— Puisque tu le prends comme ça, je ne te dirai plus rien ! Fonce droit dans le mur si cela te chante !

Tous les clients de l'hôtel étaient tournés vers leur table.

— Vous avez fini, oui ? On nous regarde ! les gronda Piper, excédée.

Les deux sœurs se turent d'un coup.

— Phoebe, il faut que tu te montres plus prudente. Niall ne doit pas apprendre qui nous sommes. Tu nous mets toutes les trois en danger, même s'il a l'air gentil. On ne sait jamais d'où vient le mal.

— Exactement ! triompha Prue. C'est ce que je voulais…

Piper la fit taire d'un signe de la main.

— Et toi, Prue, cesse de voir des démons partout. Ne condamne pas Niall sans preuve.

Elle croisa les bras sur la poitrine.

— Maintenant, faites la paix. On n'est pas venues jusqu'en Angleterre pour se chamailler !

Prue leva les yeux au ciel et Phoebe esquissa une grimace mais toutes deux finirent par accepter.

— D'accord…

— Ah, je préfère ça, reprit Piper en se levant. Viens, Phoebe, on va jouer les touristes, maintenant. On est en vacances, après tout.

Prue consulta la liste des librairies où elle devait se rendre. Elle commencerait la journée chez *Milton Barnett Inc.*, dans la rue… Heol y Dwr.

— Ces noms gallois sont décidément imprononçables ! Comment peut-on faire des mots sans une seule voyelle ?

En chemin, elle passa devant l'échoppe de Mme Jeffries. Un couple était en train de choisir des fruits. La femme était très belle avec ses cheveux auburn tombant en cascade sur ses épaules et son teint de porcelaine. Sa robe vert pâle soulignait avec élégance une jolie silhouette. Elle portait aussi une écharpe en soie verte et prune.

Prue sursauta en reconnaissant l'homme qui l'accompagnait. C'était Niall. La jeune femme se pencha et lui murmura une phrase à l'oreille. Puis, elle lui prit le bras avec une familiarité qui ne laissait pas de doute.

Ces deux-là sont plus que des amis. Quand je pense que ce type fait du charme à Phoebe ! Je savais bien qu'on ne pouvait pas lui faire confiance...

Elle hésitait quant à l'attitude à adopter. Lui demander des explications devant sa petite amie ou faire comme si de rien n'était ? Avant qu'elle ait eu le temps de se décider, le couple s'éloigna.

Elle poussa un soupir et s'approcha à son tour de l'étal de fruits.

— Bonjour, madame Jeffries.

— Oh... bonjour, jeune demoiselle.

La vieille femme semblait mal à l'aise. Son sourire était crispé et ses yeux trahissaient son inquiétude.

— Comment sont les fraises, ce matin ?

— Aussi bonnes que d'habitude. Goûtez-en une, si vous voulez.

Elle lui tendit un des petits paniers tressés, mais sa main tremblait tellement que les fraises s'éparpillèrent sur la table.

— Mon Dieu, quelle maladroite je fais !

— Vous vous sentez bien ?

— Ce n'est rien, probablement...

— Vous êtes sûre ?

— En fait, la jeune femme qui était là à l'instant m'a posé des questions qui réveillent des souvenirs pénibles... Oh, elle était adorable, c'est juste que... Elle avait quelque chose de froid dans le regard...

— Que voulait-elle savoir ?

— Oh, rien de bien secret : où j'habite, quand mon mari est mort, si j'ai des enfants ou des petits-enfants, si je vais à l'église. C'est son regard...

La vieille femme haussa les épaules.

— Je dois me faire des idées, soupira-t-elle avec un sourire. Elle essayait sans doute de se montrer aimable, c'est tout. Pourtant, vous savez, avec tout ce qu'on raconte ici sur les sorcières qui hantent la région... On se méfie parfois sans raison.

Des sorcières... Des druides... Tout cela n'était pas pour rassurer l'aînée des Halliwell.

— Et l'homme qui accompagnait cette jeune femme ? Comment était-il ?

— Oh, je n'ai pas vraiment fait attention à lui. Il était plutôt effacé.

— Fiez-vous à votre instinct. Ne répondez plus à ses questions si elle revient vous voir.

— Vous êtes adorable ! C'est gentil d'écouter les ragots d'une vieille femme comme moi !

Prue lui acheta des fraises et poursuivit son chemin.

Lorsque Phoebe rentra à l'hôtel après sa soirée en compagnie de Niall, ses deux sœurs l'attendaient.

— Me voilà face à l'Inquisition ?

— On voulait juste savoir comment s'est passé ton dîner, lui dit Prue avec douceur.

— Vous voulez plutôt savoir ce qu'il a pu me raconter sur la « femme mystère » de ce matin, c'est ça ?

Un peu plus tôt cet après-midi-là, Prue avait retrouvé ses sœurs pour prendre le thé et elle leur avait rapporté les événements du matin. Phoebe avait accepté à contrecœur d'interroger Niall sur l'identité de sa compagne.

— Elle s'appelle Diana Jones, et c'est une collègue qui l'héberge chez elle le temps de son séjour. Il n'y a rien entre eux.

Phoebe se laissa tomber dans le fauteuil, un sourire rêveur sur les lèvres.

Et tu l'as cru ? voulut demander Prue. Mais elle préféra s'abstenir. Ce n'était pas le moment d'envenimer les choses.

Ce fut Piper qui se risqua à formuler ses craintes :

— Phoebe, je ne voudrais pas paraître trop méfiante, mais…

— Je sais ce que tu vas me dire : que j'ai tort de lui faire confiance et qu'il a très bien pu me mentir. Sauf qu'il m'a présenté Diane. Nous sommes allés prendre un café dans son appartement et j'ai pu constater par moi-même qu'il n'y avait rien entre eux. Bien sûr, ils sont très proches… mais elle m'a avoué qu'il lui avait parlé de moi !

Devant l'air sceptique de Prue, elle continua :

— Tu cherches à me protéger, et je t'en suis infiniment reconnaissante. Mais je suis une grande fille, et je crois être capable de reconnaître quelqu'un de sincère…

Même si Prue n'était pas convaincue, elle ne se sentait pas le courage de discuter encore de Niall avec sa sœur. Cette dernière paraissait si contente que cela aurait été cruel de la contrarier.

Pour une fois, songea-t-elle, *j'espère que je me trompe.*

Piper consulta sa montre. Il était encore tôt et elle hésitait à réveiller Phoebe.

Elle s'était levée tôt, en pleine forme, et avait pris son petit déjeuner avec Prue, qui était ensuite partie pour un rendez-vous. Après le départ de son aînée, la jeune femme était revenue dans leur chambre pour se plonger dans la lecture de l'ouvrage sur les fleurs sauvages.

Comme, à dix heures, Phoebe dormait toujours, elle décida de faire une promenade dans les environs pour composer son bouquet d'amour.

Elle étala un plan de la région sur la table et vit qu'en prenant le chemin qui longeait la rivière elle se retrouverait dans les champs. Elle griffonna alors un petit message pour prévenir sa sœur et fourra dans son sac à dos la carte et son livre sur les fleurs, sans oublier une petite bouteille d'eau.

Après une demi-heure de marche, elle était en pleine campagne. La journée s'annonçait ensoleillée et douce. Les champs verdoyants s'étendaient à perte de vue. Une délicate odeur d'herbe fraîchement coupée flottait dans l'air.

Piper inspira profondément, ravie de se trouver à l'écart du monde.

— Voyons… murmura-t-elle en consultant son livre, il me faut…

Elle fronça les sourcils.

— … de la sanguinaire, une fleur rouge sang, avec une longue tige. Ça promet. Et puis, de la mauve… Et des marguerites, aussi. Ah, je crois que je n'aurai pas trop de mal à en trouver.

Quel plaisir de cueillir ces fleurs sauvages ! Mais il lui manquait encore les sanguinaires. Elle chercha des yeux un terrain couvert car cette variété ne poussait qu'au pied des arbres. Il y avait un bosquet de vieux chênes non loin. Elle s'en approcha, pénétra sous la voûte que formaient les feuillages des arbres centenaires et ne tarda pas à trouver les fleurs rouges qui manquaient à son bouquet.

La jeune femme s'était accroupie et en ramassait quelques-unes quand un étrange bourdonnement lui parvint aux oreilles. Cela ressemblait à des voix. Des voix d'hommes et de femmes, qui chantaient à l'unisson.

Piper sentit un frisson glacé la parcourir. Elle se releva et se dirigea doucement dans la direction des voix en se cachant dans les épais buissons qui tapissaient le sous-bois.

Elle déboucha alors sur une vaste clairière au centre de laquelle se dressaient deux énormes menhirs pointés vers le ciel.

Des hommes et des femmes vêtus de blanc formaient un cercle autour des pierres en psalmodiant des paroles étranges. C'était une langue gutturale et qui semblait remonter à la nuit des temps. Une lueur verte flottait au-dessus d'eux et s'intensifiait à mesure que les voix se faisaient plus ferventes.

Il y avait deux silhouettes entre les menhirs. Piper plissa les yeux et distingua un homme et une femme enlacés, le visage tourné vers le soleil, les yeux clos.

Malgré la distance, elle put s'apercevoir de la beauté de la femme. Son teint diaphane et son épaisse chevelure auburn lui donnaient un air majestueux. Elle portait une écharpe de soie vert pâle autour du cou. Quant à l'homme... il avait de longs cheveux bruns retenus en arrière par un catogan.

Piper dut réprimer un cri d'effroi en reconnaissant le profil élégant de Niall !

CHAPITRE 4

Piper devait en savoir plus. Elle ne pouvait rebrousser chemin sans tenter d'apprendre pourquoi celui dont sa petite sœur était amoureuse embrassait une autre femme au beau milieu d'un rituel sinistre.

Les chants avaient cessé. Un silence lourd de tension retomba sur la clairière.

La jeune femme s'approcha un peu plus… mais une brindille craqua sous ses pieds !

La lueur verte vacilla puis s'évanouit. Un homme barbu, qui semblait immense, même de loin, se tourna aussitôt vers l'endroit où se tenait Piper.

— Qui est là ?

Elle n'hésita pas une seconde. Ces gens, quels qu'ils soient, pratiquaient la magie, et il ne fallait en aucun cas que Niall l'aperçoive ici.

Un geste rapide de la main droite, et l'assemblée devant elle se figea net. La jeune sorcière avait quatre ou cinq minutes pour quitter les lieux avant qu'ils ne soient libérés de son sort.

Elle courut le plus vite qu'elle put vers la ville. Elle devait immédiatement parler à ses sœurs.

Prue avait eu raison de se méfier. Niall était bien plus dangereux qu'il ne le laissait paraître…

Enveloppée dans un confortable peignoir, Phoebe sortit de la salle de bains.

Quelle ne fut pas sa surprise en voyant Prue, allongée sur le divan, en train de feuilleter un guide touristique.

— Salut ! lui lança cette dernière. Tu avais besoin de sommeil, on dirait.

— Oui, j'ai dormi comme un bébé. Probablement le décalage horaire… Qu'est-ce que tu fais là ? Je croyais que tu avais des rendez-vous toute la journée.

— Le libraire que je devais rencontrer aujourd'hui a dû se rendre d'urgence à Londres. Je ne pourrai le voir qu'à la fin de la semaine.

— C'est dommage.

Phoebe s'essuyait les cheveux et prenait soin d'éviter le regard de sa sœur. Elle ne tenait pas à engager la conversation sur Niall… Non, elle ne voulait en aucun cas gâcher cette belle journée en commençant par se disputer avec Prue.

Mais elle n'avait rien à craindre, son aînée n'avait pas plus envie qu'elle d'en parler.

— J'ai décidé d'en profiter pour aller me balader. J'ai vu qu'il y avait une abbaye en ruine, à une trentaine de kilomètres d'ici ; on pourrait louer une voiture et y faire un tour. Tu m'accompagnes ?

— Oh, oui, génial ! À condition que tu prennes le volant. Je crois que je n'arriverai pas à me faire à la conduite à gauche.

— Moi, ça m'amuse d'avance, au contraire. Dépêche-toi de t'habiller. On ira acheter de quoi déjeuner en attendant Piper. Je vais t'emmener chez Mme Jeffries, où j'ai acheté les fraises d'hier.

— Hum... Elles étaient délicieuses.

Phoebe aurait adoré pouvoir inviter Niall à se joindre à elles, mais elle se ravisa de peur de relancer sa dispute avec Prue. Elle patienterait jusqu'à l'après-midi pour le retrouver. Ce n'était pas si long, après tout ! Ils s'étaient donné rendez-vous au bord de la rivière.

Depuis qu'ils s'étaient quittés la veille, elle ne pouvait s'empêcher de penser à lui à chaque instant. Il était si craquant ! Avec ses yeux clairs et son sourire charmeur...

Elle enfila une jupe en jean et un t-shirt bleu, tressa ses cheveux encore humides et attrapa ses lunettes de soleil sur le bureau.

— Je suis prête !

— C'est parti !

Elles décidèrent de commencer par les fruits et se rendirent directement à l'étal de Mme Jeffries. Au grand étonnement de Prue, la vieille femme n'était pas à son poste habituel.

— C'est bizarre, elle vient ici tous les jours...

— Peut-être qu'elle fait l'école buissonnière, elle aussi !

— Non, ce n'est pas son genre. Elle m'a assuré travailler tous les jours, qu'il pleuve ou qu'il vente...

Un homme d'âge mur vint à leur hauteur. Il portait un élégant cardigan marron et s'appuyait sur une canne.

— Vous cherchez Blodwen Jeffries, n'est-ce pas ? Je suis moi-même étonné de ne pas la voir aujourd'hui. Cela fait des années que je la salue tous les matins d'été...

Puis, il s'éloigna d'un pas tranquille en direction du centre-ville.

— J'espère qu'elle n'est pas malade, murmura Prue soudain inquiète. Ça t'embête si on fait un petit détour par sa maison ? C'est juste en bas de la rue. J'aimerais m'assurer qu'elle va bien.

Phoebe dévisagea sa sœur d'un air surpris.

— Je sais que ça peut paraître excessif de ma part, mais c'est une vieille femme qui vit seule. Imagine qu'elle ait fait une chute ou quelque chose de ce genre, elle est peut-être bloquée chez elle sans pouvoir appeler de l'aide !

— Comme tu veux, allons-y.

Sous ses dehors un peu bourrus, Prue était une incorrigible sentimentale. C'est d'ailleurs ce qui la rendait aussi attachante !

Un portail en fer forgé blanc ouvrait sur le verger de Mme Jeffries. C'était un charmant petit cottage fleuri et soigné.

Il n'y avait pas de sonnette. Prue frappa trois coups à la porte. Le battant s'ouvrit de lui-même en grinçant.

— Mmmh, bizarre, marmonna Phoebe en lançant un regard perplexe à sa sœur. Ce n'est pas normal...

— Mme Jeffries ? Vous êtes là ?

Comme elle n'obtint aucune réponse, la jeune femme passa la tête dans l'encadrement de la porte, puis s'avança doucement, Phoebe sur ses talons.

Les rideaux devaient être tirés car il faisait sombre à l'intérieur. Un air de jazz leur parvint ainsi qu'une vague odeur de soupe aux choux.

Tout était calme.

Elles avancèrent vers la cuisine. Prue en poussa la porte battante qui s'ouvrit sur une pièce vétuste mais impeccable de propreté. Une assiette à demi pleine de soupe était abandonnée sur la table, et une des chaises avait été repoussée comme si quelqu'un s'était levé à la hâte. Sur le comptoir, un petit transistor égrenait ses notes nasillardes.

Prue fronça les sourcils en constatant que la soupe était complètement froide.

— À voir la façon dont Mme Jeffries tient sa maison, elle n'a pas pu laisser tout ça en plan sans une bonne raison. On ferait mieux de monter à l'étage voir ce qui se passe. Il lui est peut-être arrivé quelque chose.

Phoebe acquiesça et posa machinalement la main sur le dossier de la chaise repoussée. Elle ferma les yeux. Une vision s'imposa à elle.

Elle voyait de dos une vieille femme aux cheveux gris assise sur cette même chaise, surprise en train de manger sa soupe. Elle semblait terrorisée par la jeune femme debout, sur le seuil de la pièce.

La vision ne fut qu'un flash. Phoebe frissonna et respira profondément pour reprendre ses esprits.

— Qu'as-tu vu ?

Elle se tourna vers sa sœur.

— Mme Jeffries, je crois. Elle a les cheveux gris, non ?

Prue confirma d'un hochement de tête.

— Elle était assise ici, en train de prendre son repas. Puis l'irruption de quelqu'un l'a terrifiée…

Elle s'interrompit, de plus en plus mal à l'aise.

— En fait… Cette personne… C'était Diana, l'amie de Niall.

— Quoi ? Tu en es sûre ?

— Oui, certaine.

— Je l'ai vue parler avec Mme Jeffries, hier soir, devant son échoppe. La pauvre marchande semblait déjà épouvantée. Elle m'a avoué ensuite que Diane avait une façon de la regarder qui lui faisait presque croire aux ragots sur les sorcières…

— Bon, ne va pas conclure pour autant que Niall est un démon, hein ? Il n'y a peut-être aucun lien entre lui et…

— C'est possible, Phoebe, lui répondit sa sœur avec calme. Et j'espère pour toi que c'est vrai. Mais, pour l'instant, il faut savoir ce qui est arrivé à Mme Jeffries. Allez, viens, vérifions à l'étage.

Les deux petites chambres du haut étaient vides. Il n'y avait aucune trace de la vieille dame. Prue descendit à la cave mais revint bredouille.

— Tu crois qu'on devrait avertir la police ? demanda Phoebe.

— Ce n'est pas la peine. Il faut que la disparition remonte à plus de quarante-huit heures pour que les autorités commencent les recherches. Et puis, j'ai l'intime conviction que la magie est mêlée à tout ça. Dans ce cas, la police ne sera d'aucun secours.

Prenant Phoebe par le bras, elle ajouta :

— Allons retrouver Piper. Il faut qu'on en discute ensemble.

Piper arriva à l'hôtel tout essoufflée, après avoir parcouru près de deux kilomètres en un quart d'heure. Pas mal pour quelqu'un qui avait abandonné le jogging depuis des années…

— Ah, te voilà ! lui lança Prue dès qu'elle eut passé le pas de la porte. On a un gros problème. Il se…

— Ça, tu peux le dire, coupa-t-elle en faisant les gros yeux. Écoutez-moi, les filles, vous n'allez pas en croire vos oreilles.

Elle leur rapporta alors brièvement son étrange rencontre dans la clairière, les gens qui psalmodiaient, la lueur verte qui dansait au-dessus des blocs de pierre et…

— … et une très belle femme avec de longs cheveux auburn, et un foulard de soie verte autour du cou…

— Diana… murmura Phoebe d'un air dépité.

— En tout cas, cela correspond à la description que vous en faites. Je ne sais pas à quel rituel ils procédaient mais on aurait dit qu'ils lançaient un sort sur le couple qui s'embrassait au centre du cercle.

Elle alla s'asseoir à côté de sa sœur avant de poursuivre sur un ton grave :

— J'ai reconnu Niall. C'est lui qui embrassait Diana.

Phoebe blêmit et accusa le coup, les larmes aux yeux.

— Je suis désolée, murmura Piper.

— Ce n'est pas ta faute. Je… Je n'arrive pas à y croire… Il avait pourtant l'air si sincère…

— Eh bien, intervint Prue, tout concorde.

— Comment ça, tout ? s'étonna Piper. Je ne comprends pas.

— Nous aussi, nous avons quelque chose à t'apprendre ! Phoebe, tu veux bien lui raconter ? J'ai quelques coups de fil à passer.

— Tu crois que c'est le moment de travailler ?

— Je vais appeler Darryl Morris. Je sais qu'il n'est que… quatre heures du matin à San Francisco, mais il a l'habitude d'avoir des nuits mouvementées !

— Tu veux parler du Darryl Morris qui bosse à la brigade criminelle ? Pour quoi faire ?

— Je crois qu'il est temps de faire quelques recherches sur un certain Niall Oldman. Les fichiers de la police vont peut-être nous en apprendre un peu plus sur lui…

CHAPITRE 5

— Merci mille fois, Darryl ! Et encore pardon de t'avoir réveillé... Oui, je te rapporterai un souvenir d'Angleterre... Oui, je te promets de choisir autre chose qu'une tasse décorée avec la tête de la reine !

Elle raccrocha et se tourna vers ses sœurs qui faisaient les cent pas en attendant.

— Il va contacter un ami qui travaille à New Scotland Yard et un autre à Interpol. Il nous prévient dès qu'il a des nouvelles. Phoebe, tu as retrouvé la photo ?

— Oui, voilà.

Elle lui tendit une pochette avec le cliché pris le soir de son premier rendez-vous avec Niall. Le restaurant indien offrait une photo en guise de remerciement à la fin du repas. On pouvait y voir Phoebe, radieuse, au bras de Niall, qui affichait une mine plutôt nerveuse. Il avait la main levée au niveau du visage, comme pour se protéger.

— On dirait qu'il cherche à se cacher, fit remarquer Piper. C'est étrange, non ?

— C'est vrai... admit Phoebe à regret.

Prue intervint :

— Nous n'avons pas de temps à perdre Je vais demander à la réception s'il y a un fax pour que je puisse faire parvenir cette photo à Darryl.

— Et ensuite, qu'est-ce qu'on fait ? demanda Phoebe.

— J'ai une idée, déclara Piper. On pourrait aller voir le propriétaire de Diana en prétendant chercher une location et essayer ainsi d'avoir des renseignements sur elle sans trop attirer l'attention...

C'était une excellente idée et les trois sœurs filèrent en direction d'Oxford Road.

Diana habitait dans un petit immeuble de style victorien.

D'un pas décidé, Prue grimpa les quelques marches du perron et sonna chez le gardien. Phoebe se sentait horriblement nerveuse. Et si Diana ou, pire encore, Niall les surprenait ici ? Que pourraient-elles trouver comme excuse ?

Un homme râblé, au visage rougeaud, leur ouvrit la porte. Il les dévisagea d'un air soupçonneux.

— Qu'est-ce que je peux faire pour vous, mesdames ?

— Bonjour, lança Prue sur un ton enjoué, nous sommes américaines et nous cherchons un appartement à louer pour quelques semaines.

À ces mots, il se détendit un peu.

— Nous connaissons une de vos locataires, enchaîna Piper. Diana Jones. D'après elle, vous auriez certainement quelque chose à nous proposer.

— Elle vous a dit ça ? Je regrette mais…

— Elle a dit aussi que c'était un endroit très agréable et merveilleusement bien tenu, coupa Phoebe avec un sourire enjôleur. Vous en êtes le gardien ?

— Oui. Entrez donc un moment, mesdames. J'étais justement en train de préparer du thé. Asseyez-vous, je vous en prie. Je reviens tout de suite.

Les trois sœurs s'installèrent sur le canapé.

— Tous les appartements sont occupés pour le moment, déclara l'homme en revenant avec un plateau. Mais je peux vous inscrire sur la liste d'attente.

— Oui, bien sûr, répondit Prue. Nous ne connaissons pas très bien Diana…

— Oh, moi non plus. Miss Jones est plutôt du genre réservé.

— J'ai fait sa connaissance chez un libraire spécialisé dans la magie, précisa Phoebe.

— Vous n'allez pas me dire que vous croyez à ces bêtises ? rétorqua-t-il en lui jetant un regard de reproche.

— Moi ? Oh, non, bien sûr. J'y étais entrée par hasard. En revanche Diana m'a l'air de s'y connaître.

L'homme remplit trois tasses de thé fumant et les tendit aux jeunes femmes qui les acceptèrent avec réticence. Son intérieur en désordre ne laissait présager rien de bon sur son hygiène… Mais elles pouvaient difficilement se permettre de faire la fine bouche dans une telle situation !

— Je ne sais pas trop… Je suis allé plusieurs fois chez elle pour y faire quelques réparations et c'était en effet plein de bougies, d'encens et de trucs bizarres.

Il but une gorgée de thé et continua :

— La dernière fois que j'ai mis les pieds chez elle, c'était pour déboucher l'évier de la cuisine. Je cherchais dans les placards une bassine quand elle s'est jetée sur moi comme une furie en m'interdisant de toucher à quoi que ce soit sans sa permission ! Je crois qu'elle fréquente une secte de druides ou quelque chose dans le genre, alors je préfère ne pas m'en mêler… Les robes blanches, les cérémonies en pleine nuit, ça me fait plutôt rigoler. Ma femme était un peu là-dedans, elle aussi.

Il leva les yeux au ciel et ajouta :

— Enfin, tout ça, c'est fini, maintenant. Dieu merci.

— Comment ça ? fit Prue en se penchant en avant.

Devant sa mine inquiète, il éclata de rire.

— Elle a filé avec le directeur de la banque !

— Oh… lâcha Piper en souriant.

— Et le petit ami de Diana ? enchaîna Prue sans se départir de son sérieux.

— La grande asperge avec les cheveux longs ? Il a une de ces façons de s'habiller…

— Il fait aussi partie de la secte ?

Le bonhomme haussa les épaules.

— Je n'en sais rien. Il n'est ici que depuis deux semaines. Il est arrivé du jour au lendemain, comme tombé du ciel.

Phoebe poussa un soupir de soulagement. Niall ne lui avait peut-être pas menti a propos des recherches qu'il faisait.

— En tout cas, ils n'arrêtent pas de se disputer, ces deux-là ! On les entend presque toutes les nuits…

— Se disputer ? s'étonna Piper. À quel sujet ?

— On dirait qu'elle veut un bébé et qu'il refuse… Alors elle se met à hurler qu'il n'a pas le choix… et cela repart de plus belle. Des histoires de couple, quoi !

— Hum… se contenta de répondre Piper. Je crois que nous vous avons fait perdre assez de temps. Vous devez être très occupé et…

— C'est vrai, c'est vrai, admit-il avec un soupir.

Les trois sœurs se levèrent et prirent congé.

Il les retint au dernier moment :

— Laissez-moi vos coordonnées pour l'appartement. Je vous appelle dès qu'il y en a un qui se libère.

— Euh… je préfère vous rappeler, c'est plus simple, bredouilla Prue avec un sourire contrit.

Une fois dans la rue, elle consulta ses cadettes avec une moue déçue.

— On n'est pas tellement avancées…

Phoebe avait l'air complètement abattu.

— On a la confirmation que Diana est impliquée dans ces histoires de druides, et on a appris que Niall et elle n'arrêtent pas de se disputer…

Piper prit ses sœurs par le bras :

— Je meurs de faim ! Vous ne voyez pas d'objection à ce qu'on discute de tout ça devant un bon déjeuner ?

Tandis que Prue faisait les cent pas dans leur suite en attendant un coup de téléphone de Darryl, et que Phoebe se morfondait à propos de Niall, Piper était descendue dans le petit jardin de l'hôtel.

Elle avait emporté avec elle son ouvrage sur les fleurs sauvages et tentait de composer son charme d'amour.

C'était d'ailleurs bien plus compliqué qu'elle ne l'avait cru. Il fallait tresser les fleurs en forme de cœur…

Une ombre passa au-dessus de son livre ouvert. Piper leva les yeux et reconnu le vieux monsieur chauve en veste de tweed rencontré à la librairie d'Evan Rhys, Sir Andrew.

Il semblait préoccupé et regardait sans cesse sa montre de gousset.

— Bonjour ! lança la jeune femme.

Il se retourna et la dévisagea d'un air interloqué.

— Vous vous souvenez de moi ? Les fleurs sauvages…

— Euh… Oh oui ! Très heureux de vous revoir, mademoiselle. Mais, vous voudrez bien m'excuser… un rendez-vous important…

Il parcourut le jardin des yeux et s'engouffra dans le hall de l'hôtel sans plus lui accorder d'attention. Piper haussa les épaules, amusée, puis se replongea dans la confection de son bouquet.

Une vingtaine de minutes plus tard, elle avait un cœur presque symétrique ! *Pas si mal, pour un premier essai*, songea-t-elle avec satisfaction. *Je vais le faire sécher.*

Elle allait rejoindre ses sœurs quand elle se rappela qu'elle n'avait pas prononcé les paroles du charme. Le bouquet serré contre sa poitrine, elle commença à réciter :

La mauve pour te lier à moi,
Reste fidèle à ta foi.
La sanguinaire pour la passion,
Dans ton cœur brûle la dévotion.
Ce bouquet t'est destiné,
Sois à moi pour l'éternité.

Piper sentait une présence tout près d'elle, pourtant le jardin était désert et Sir Andrew s'était éclipsé. Un peu gênée, elle referma son livre et s'apprêtait à quitter elle aussi les lieux quand le gentleman fit son apparition devant elle avec un air intrigué.

— Pardonnez-moi, mademoiselle, pourriez-vous répéter ce que vous disiez il y a un instant ?

— Euh… oh, ce n'était rien, balbutia-t-elle. Juste quelques vers sans intérêt que j'ai trouvés dans ce livre. Je les lisais tout haut, c'est tout.

Comme elle s'éloignait d'un pas vif, il la rattrapa.

— Attendez !

Elle s'arrêta, ne s'attendant pas du tout à ce qu'il lui coure après.

— Hum… poursuivit-il, pourquoi vous en aller ainsi ? Il fait si beau. Juin est le plus beau mois de l'année. Vous ne croyez pas ?

— Si, bien sûr…

Qu'est-ce qui se passe ? Pourquoi est-il si aimable avec moi tout d'un coup ?

— Avez-vous admiré les roses thé ? enchaîna-t-il. Laissez-moi vous les montrer, elles sont splendides.

Sans attendre sa réponse, le vieil homme entraîna Piper vers un massif de fleurs au parfum délicat. Il en cueillit une et la lui offrit.

— Si je puis me permettre, bafouilla-t-il en rougissant jusqu'aux oreilles, sa beauté fait pâle figure à côté de la vôtre, ma chère.

Oh, non ! songea soudain Piper avec effroi. *Le charme…*

Sur Sir Andrew !?

Mieux valait ne pas rester en sa compagnie plus longtemps…

— Merci, c'est très gentil mais... je dois vraiment m'en aller. J'ai un million de choses à faire.

— Je ne sais même pas votre prénom, belle demoiselle...

— Piper. Piper Halliwell.

Elle était maintenant devant l'ascenseur et il ne la quittait pas d'un pouce !

— Quel nom ravissant ! Jamais je n'en ai entendu d'aussi joli. Miss Halliwell, je veux dire... Piper, accepteriez-vous de dîner avec moi, ce soir ?

Dans quelle galère suis-je allée me fourrer ? J'ai rendu Sir Andrew amoureux de moi !

Et pourquoi diable cet ascenseur n'arrivait-il pas ?

— Je connais un endroit charmant, près de la rivière, insista-t-il en posant sur sa main une paume moite d'émotion. Acceptez de m'y retrouver ce soir...

Il était de plus en plus pressant.

— S'il vous plaît !

— Impossible. Je... j'ai d'autres projets pour ce soir.

Comment se sortir de ce guêpier ?

Quand enfin les portes de l'ascenseur s'ouvrirent, Piper s'y précipita, bousculant au passage une cliente de l'hôtel qui s'apprêtait à en sortir.

Sir Andrew tenta de la suivre, mais il en fut empêché par la femme, qui s'interposa entre eux.

— Si vous voulez bien me laisser passer ! C'est incroyable d'être malpoli à ce point !

Le vieil homme dut s'écarter et céder le passage. Piper en profita pour appuyer sur le bouton de son étage et lança, juste avant que les portes ne se referment :

— Au revoir Sir Andrew !

— Mais... mais, Piper ! Ma chérie, attendez ! Je vous aime !

Une fois débarrassée de son nouveau prétendant, la jeune femme laissa échapper un long soupir.

Comment réparer tout ça ?

— C'est ça, merci, Darryl... Non, sincèrement, je ne peux rien t'apprendre de plus. C'est une affaire de sorcière. Désolée, vraiment... Encore merci. Je te rappelle un peu plus tard.

Prue s'effondra dans le fauteuil en faisant la grimace.

— Alors ? lui demanda Piper.

— Ne t'inquiète pas pour moi, maugréa Phoebe, assise sur un coin de table. Je suis prête à entendre le pire maintenant...

— Daryl n'a absolument rien trouvé sur Niall. Pas même de certificat de naissance, pas d'adresse, pas de numéro de téléphone... rien. Évidemment, il utilise peut-être un faux nom... Tout ça est bien étrange !

Phoebe se leva et lança d'un air exaspéré :

— Bon, ça suffit ! Il est inutile de rester ici à

essayer de deviner qui il est, et ce qu'il mijote. Allons le voir et forçons-le à tout avouer !

— C'est trop risqué, protesta Piper. On ne sait pas de quoi il est capable.

— Je ne vois ce qu'on risque avec le Pouvoir des Trois ! Même si Niall est un sorcier, un démon ou je ne sais quoi, je suis sûre qu'on est plus fortes que lui.

— Prue, essaie de la raisonner, toi.

Leur sœur aînée réfléchissait en tortillant une mèche de cheveux autour de son doigt. Phoebe n'avait pas complètement tort mais d'un autre côté elles ne savaient pas quels pouvoirs possédait Niall, si même il en possédait !

— Je suis d'accord avec Phoebe, finit-elle par déclarer. Mieux vaut en avoir le cœur net le plus vite possible. (Puis, se tournant vers sa plus jeune sœur :) Niall n'est-il pas censé venir te chercher à six heures ?

La jeune femme consulta sa montre.

— Oh non ! paniqua-t-elle. C'est dans deux minutes… Heu… Je vais me cacher dans la salle de bains pendant que vous le cuisinerez. Je… Je préfère ne pas le voir maintenant… Mais j'accourrai si vous avez besoin du Pouvoir des Trois, bien sûr !

Prue se mit à rire.

— Pas de problème. Je comprends que tu n'aies pas très envie de te retrouver face à lui. Attention, ne t'endors pas dans la baignoire, hein ? On risque d'avoir besoin de toi !

La jeune fille se précipita dans la salle de bains.

Quelques secondes plus tard, des coups résonnèrent à la porte de la suite. Prue et Piper échangèrent un regard.

— Prête ?

— Prête.

Prue prit une profonde inspiration et alla ouvrir. Niall apparut sur le seuil, en T-shirt blanc et jean noir. Il ressemblait plus à un top model qu'à un sorcier celte !

Il adressa un salut amical aux deux sœurs.

— Phoebe n'est pas là ?

— Elle ne devrait pas tarder, répondit Prue en verrouillant discrètement la porte dont elle glissa la clé dans sa poche.

— Asseyez-vous. Je crois qu'on a des choses à se dire.

Le ton de sa voix était dur. Le jeune homme obtempéra sans broncher.

Une fois installé dans le fauteuil, il esquissa un sourire forcé.

— Encore des questions à me poser ?

— Si on veut, murmura Piper.

Prue vint se planter devant lui, les bras croisés sur la poitrine.

— Si vous commenciez par nous expliquer qui vous êtes, en réalité ?

— Et ce que vous faisiez avec ce groupe de druides dans la clairière ?

Niall écarquilla les yeux de surprise.

— Je... je ne sais pas de quoi vous parlez.

— Ne racontez pas d'histoires, reprit Piper, je vous ai vu !

— Qui êtes-vous ? insista Prue. Qu'avez-vous fait à Mme Jeffries ? Et qu'est-ce que vous attendez de Phoebe ?

— J'ignore qui est Mme Jeffries. Et quel est le rapport avec Phoebe ?

L'attitude accusatrice des deux sœurs ne l'amusait plus du tout. Il fronça les sourcils.

— Ne faites pas l'innocent ! tonna Piper avec colère. Avouez plutôt que vous avez monté tout ça pour vous emparer du Pouvoir des Trois !

— Le pouvoir de... quoi ? (Il secoua la tête en signe d'incompréhension.) Je ne reste pas une seconde de plus ici ! Dites à Phoebe que je l'attends dans le hall.

Les poings serrés, il se leva et se dirigea vers la sortie. Prue lui barra le chemin.

— Vous ne quitterez pas cette pièce sans nous avoir expliqué ce que vous manigancez !

Il fit mine de forcer le passage, mais d'un geste de la main elle l'envoya voler en arrière. Il atterrit dans un fauteuil, le souffle coupé.

Que venait-il de lui arriver ?

— Vous... vous êtes une sorcière ?

— Comme si vous ne le saviez pas !

— Bon, intervint Piper, cessez votre comédie. Qui êtes-vous et quels sont vos plans ?

— Mais... vous êtes toutes les trois des sorcières !?

Il avait l'air vraiment étonné de l'apprendre.

Prue commençait à se demander si elles ne s'étaient pas trompées à son sujet, quand Niall s'écria :

— C'est inespéré ! Je vous en supplie, aidez-moi ! J'ai absolument besoin de vous !

CHAPITRE 6

— Quoi ? Vous avez besoin de nous ?

— Oui, je suis en plein cauchemar.

— De quoi parlez-vous ?

— C'est une longue histoire, mais vous devez m'écouter… Oh, je suis si content de vous avoir rencontrées !

Du coin de l'œil, Prue vit Phoebe se faufiler de la salle de bains à la chambre.

— Je ne suis pas ce que vous croyez, reprit Niall.

— Sans blague ! ironisa Piper.

— J'ai été amené ici, il y a deux semaines, par Diana et un groupe de druides.

— Vous voulez dire qu'ils ont utilisé la force ? D'où venez-vous ?

— La question serait plutôt de savoir de *quand*…

Prue retint son souffle.

— Vous… vous venez d'une autre époque ?

— Oui, d'un passé fort lointain. Comment vous décrire le choc que j'ai eu en arrivant ici ? D'après votre calendrier, je viens de l'an 584…

Un hoquet de surprise se fit entendre. C'était Phoebe qui se tenait dans l'encadrement de la porte.

Le jeune homme eut l'air soulagé de la voir.

— Oh, tu étais là… Je suis vraiment désolé de t'avoir caché la vérité mais…

— Ça n'a plus d'importance, maintenant, coupa-t-elle en les rejoignant dans le salon. L'année 584 ? C'est l'époque du roi Arthur, non ?

— Je fais partie de sa cour. C'est pourquoi je peux assurer avec certitude qu'il ne savait pas monter à cheval. Les chevaux le faisaient éternuer.

— Pas si vite, intervint Prue, les sourcils froncés. Pour quelles raisons devrait-on vous croire ? Vous avez une preuve de ce que vous avancez ?

Il hocha la tête, comprenant son incrédulité, et sortit de sa poche une bourse en cuir. Il la tendit à la jeune femme.

— Vous vous y connaissez en antiquités, je crois. Vous reconnaîtrez donc ceci, sans aucun doute.

Prue vida la bourse dans sa paume et examina les quelques pièces en argent qu'elle contenait. C'était une monnaie frappée d'une tête romaine couronnée.

— Attendez, fit Piper. Qui nous dit que vous ne les avez pas achetées chez un antiquaire, ou volées dans un musée, par exemple ?

Sa sœur secoua la tête.

— Impossible. Ces pièces ont une vingtaine d'années tout au plus. Regarde les bords, ils ne sont pas émoussés du tout. Et les dessins, ils ont encore tout leur relief.

— Niall, reconnais que ce n'est pas une preuve, déclara Phoebe. Tu as pu fabriquer toi-même ces pièces, ou tu as pu te les procurer par magie.

Il s'enfonça dans le fauteuil et poussa un profond soupir.

— Je n'ai malheureusement aucun moyen de vous prouver ma bonne foi ! Je comprends vos réticences, mais, je vous assure, je ne suis qu'un homme ordinaire pris dans une machination qui le dépasse...

Un long silence suivit. Puis, d'une voix calme, Prue reprit :

— En supposant que vous ne nous mentiez pas, racontez-nous la suite de votre histoire.

C'est avec soulagement qu'il continua son récit :

— Je suis le fils du druide Merlin et de Nyfein l'Enchanteresse. Je crois qu'aujourd'hui vous l'appelez Nimue ou Viviane, mais son véritable nom est Nyfein.

Les yeux de Phoebe s'arrondirent de surprise.

— Merlin ?... Comme... Merlin l'Enchanteur ? Mais, il n'a pas eu d'enfants !

— Ma naissance et mes origines ont été gardées secrètes, ainsi en a décidé mon seigneur Arthur, pour ma propre sécurité. Je n'ai jamais connus mes parents. Quand ma mère a su qu'elle était enceinte, elle a enfermé mon père dans un château d'air. Elle s'est enfuie juste après l'accouchement. Personne ne sait où. On raconte qu'elle est allée retrouver Merlin et que tous deux demeurent à présent dans ce château enchanté.

Il parlait avec calme et gravité. Son accent, jusqu'alors léger, devenait plus marqué.

— J'ai été élevé à Caer Annyl, sur la côte, dans une famille vassale de mon seigneur Arthur. Ayant atteint l'âge d'homme, je suis devenu capitaine d'un de ses galions. J'étais à bord de mon navire et nous quittions l'embouchure de la Severn quand je fus projeté ici. C'était il y a quinze jours... Un tourbillon s'est formé devant mes yeux, puis je me suis retrouvé au milieu des pierres levées. Je n'ai pas compris tout de suite que j'avais aussi traversé les siècles.

Il marqua une pause, déglutit avec peine avant de reprendre :

— Diana est la grande prêtresse de ce groupe de druides. Des druides ! Comment osent-ils prétendre à ce titre ! Ce ne sont que des caricatures grotesques... Diana, quant à elle, possède un réel pouvoir, même s'il est infime. En revanche, elle connaît des rituels qui lui permettraient de devenir beaucoup plus puissante... Voilà pourquoi elle m'a enlevé.

— Vous venez de nous dire que étiez un homme ordinaire !

— Je le suis… Bien que mes parents aient été les deux plus grands magiciens de la Création, ils ne m'ont transmis aucun de leurs pouvoirs. Pas directement, en tout cas. Diana pense qu'ils coulent dans mon sang.

— De quelle manière Diana compte-t-elle récupérer vos pouvoirs ? Par transfusion ? se moqua Prue.

— Il existe un rite ancien, qu'Arthur avait proscrit. Il était célébré le soir de la Saint-Jean. On l'appelle Belthane à présent.

— Belthane ? répéta Phoebe. Je me souviens d'avoir lu quelque chose là-dessus. Ce ne serait pas un rituel de fertilité, par hasard ?

— En un sens, oui. Il célèbre l'union du Dieu Soleil avec la Reine de l'Été.

Niall évitait son regard. Il avait l'air nerveux.

— Le but de ce rite est de donner naissance à un enfant, afin de renouveler le cycle de la vie en harmonie avec celui de la nature…

— Attendez, l'interrompit Prue. Qui joue le rôle du Dieu Soleil et de la Reine de l'Été ?

Il se redressa dans son fauteuil, agité.

— Je crois avoir deviné, marmonna Phoebe.

Prue se leva et fit les cent pas en réfléchissant à haute voix :

— Ainsi, Diana et vous allez perpétuer une cérémonie interdite par le roi Arthur et… faire un enfant ensemble, c'est ça ? Mais, dans quel but ?

— Je vous l'ai dit, elle veut le pouvoir de Merlin et de Viviane et croit que mon enfant se révélera être aussi puissant, voire plus, que mes parents. Étant sa mère, elle en aura le contrôle absolu.

Il se tourna alors vers Phoebe, et l'implora du regard :

— Tu dois me croire ; je n'éprouve aucun amour pour Diane.

— C'est pour ça que tu l'embrasses dans les bois ? ironisa la jeune femme encore sur la défensive. Tu aurais pu tout simplement refuser, non ?

— C'était impossible ! protesta-t-il avec véhémence. Ces fous me tiennent en leur pouvoir. Si je n'exécute pas leurs volontés, ils ne me renverront pas chez moi ! Et à moins de retourner dans le passé à minuit, le soir de la Saint-Jean, je mourrai, réduit en poussière par les siècles qui nous séparent.

Il haussa les épaules, soudain abattu.

— J'essaie pour l'instant de rester en vie en leur faisant croire que j'accepte leur marché. Je recherche en cachette un moyen de remonter le temps… Je n'ai malheureusement encore rien trouvé.

De nouveau, un lourd silence s'installa.

Enfin, Phoebe leva la tête et demanda :

— Et moi dans toute cette histoire ? Si, comme tu le prétends, tu ne savais pas que j'étais une sorcière, pourquoi avoir accepté de me revoir ?

— C'était plus fort que moi. Lors de notre rencontre dans cette boutique, j'ai ressenti quelque chose d'incroyable. Cela ne m'était jamais arrivé auparavant. Depuis... j'ai l'impression de ne plus vivre loin de toi...

Sa voix se faisait douce et implorante. La jeune femme sentit les larmes lui brûler les yeux.

Prue s'éclaircit la gorge.

— Et que faisiez-vous chez *Caer Wydyr* ?

— Comme je vous l'expliquais, je cherchais un moyen de rentrer chez moi. On dit que mon père avait le don de double vue. Peut-être avait-il vu entre les voiles du temps que je serais un jour captif du futur... Mon seigneur Arthur m'a remis une lettre de sa part, dans laquelle il me disait qu'il avait créé un sortilège pour me ramener chez moi, d'où que je sois. Il faut absolument que je retrouve cette formule magique !

— Pourquoi ne l'avait-il pas tout simplement inscrite dans la lettre ? s'étonna Piper.

— Je dois vous avouer que je ne le sais pas moi-même... Quoi qu'il en soit, j'ai remué ciel et terre pour retrouver ce sortilège. *Caer Wydyr* était ma dernière chance.

— C'est pour cela que tu m'as littéralement arraché le bout de parchemin que j'avais fait tomber ! Je me suis demandé pourquoi tu avais l'air si contrarié...

— Oui, j'ai cru reconnaître de loin l'écriture runique dont se servait mon père. Mais il s'est avéré que ce n'était qu'un vulgaire brouillon de quelque scribe inconnu…

Piper, qui s'était postée devant la fenêtre, revint à la charge :

— Quelque chose m'échappe. Vous dites venir du VIe siècle et n'être là que depuis deux semaines. Pourtant, vous semblez tout à fait à l'aise dans notre époque : vous parlez notre langue et n'êtes même pas terrorisé devant les inventions du monde moderne comme les voitures ou la télévision.

— Grâce à la magie des druides, Diana m'a « adapté » au monde d'aujourd'hui. J'ai la tête qui va exploser ! Elle m'a fait mémoriser en quinze jours plusieurs siècles d'histoire ! Mais, croyez-moi, il y a beaucoup de choses auxquelles je ne suis pas habitué, et il ne s'agit pas seulement des ordinateurs ou des avions, mais plutôt de votre façon de vivre. C'est étonnant, cette absence de rang… ou encore la liberté des femmes…

— Hum… sourit Prue. J'aurais une autre question à vous poser. Qu'est-ce qui est arrivé à Mme Jeffries ?

— Je suis désolé, mais je ne vois pas de qui vous parlez.

— La vieille femme qui vend des fruits à l'angle des rues Emuyn Myre et Double View. Je vous ai vu lui parler hier avec Diana. Votre amie lui a d'ailleurs fichu une frousse terrible. Nous sommes allées chez elle aujourd'hui et elle a disparu. Avez-vous une idée de l'endroit où elle peut être ?

Il secoua vivement la tête.

— Non, mais je crois deviner pourquoi elle a disparu. Mon seigneur Arthur avait proscrit le rituel de la Saint-Jean parce que celui-ci exigeait un sacrifice humain…

Les trois sœurs poussèrent un cri d'effroi.

Il inspira profondément et continua :

— Oui. La tradition veut qu'on érige une figure géante en osier, dans laquelle on enferme le sacrifié, puis on y met le feu. Diana m'a dit ce matin que les druides étaient en train de la tresser. Elle a questionné la vieille marchande de fruits qui lui a appris n'avoir plus aucune famille. C'était donc une victime idéale puisque personne ne remarquerait sa disparition.

— Mon Dieu ! souffla Prue qui allait et venait comme un lion en cage. C'est monstrueux !

Elle s'arrêta brusquement face à Niall.

— Il faut qu'on discute de tout ça entre sœurs. En privé.

— Bien sûr, murmura-t-il. Je vais attendre en bas.

— Inutile.

Je préfère te garder sous la main…

— Piper, si tu veux bien… ?

— Il suffit de demander !

La jeune femme pointa son index vers Niall qui la dévisageait d'un air surpris. Il n'eut pas le temps de réagir, elle le figea net.

Phoebe hocha la tête.

— Hum… Allons discuter dans la chambre ; ça me fait bizarre de le voir comme ça.

Une fois qu'elles furent dans la pièce d'à côté, Prue demanda :

— Alors, qu'est-ce que vous en pensez ?

Il y eut un silence perplexe.

— Moi, j'ai envie de le croire, déclara Piper au bout d'un moment. On n'invente pas une histoire pareille.

— Oui, tu as raison. Moi aussi, j'aurais tendance à le croire.

— Super ! s'écria Phoebe en se jetant à la renverse sur le lit. Je suis contente de vous l'entendre dire ! J'ai eu peur d'y croire seulement parce que j'avais un faible pour lui…

Elle pivota pour se mettre sur le ventre et enchaîna :

— On va l'aider ?

— Ne nous précipitons pas, la tempéra Prue. Il y a encore beaucoup trop de zones d'ombre.

— C'est vrai, acquiesça Piper. Il faudrait savoir exactement quels sont les pouvoirs de Diana, par exemple.

— Il nous faut aussi retrouver Mme Jeffries et la sortir de ce pétrin.

— Oui, je suis d'accord avec vous, les filles, mais on va aussi aider Niall, hein ?

Les deux jeunes femmes échangèrent un regard.
— Oui, Phoebe, ne t'en fais pas. Nous allons l'aider.
— Parfait ! Alors, au boulot. Parce que, au cas où vous ne l'auriez pas remarqué, on est le 20 juin. Ce qui signifie que c'est demain, la Saint-Jean !

CHAPITRE 7

— Ce qu'il nous faut, déclara Piper, c'est un charme de localisation.

Il était huit heures du soir et les Halliwell dînaient en compagnie de Niall au *Black Dog*, un pub tout près du château de Hay.

Prue lança un regard angoissé autour d'eux, mais finit par se rendre à l'évidence : personne ne prêtait attention à leur conversation.

— Un charme de… localisation ? demanda Niall. Pour quoi faire ?

— D'abord, pour retrouver Mme Jeffries, répondit Prue.

— Et, ensuite, pour mettre la main sur le sortilège de ton père, continua Phoebe.

— N'avez-vous pas le pouvoir de me renvoyer chez moi ?

— Euh… non, reprit Piper. Il est vrai que nous avons déjà fait plusieurs voyages dans le temps mais la formule magique ne marche que sur nous. Je suis désolée…

Phoebe esquissa une grimace.

— Nous ne savons pas encore inventer de sortilèges. Ceux que nous utilisons nous ont été transmis par nos ancêtres et sont rassemblés dans un grimoire que nous avons laissé à San Francisco.

— Je comprends, dit Niall en lui adressant un sourire plein de tendresse. Il faut donc retrouver l'incantation que mon père m'a préparée.

Il est trop craquant, reconnut Prue. *Et vu comme il regarde Phoebe, il est vraiment amoureux d'elle.*

— On peut aussi récupérer *Le Livre des Ombres*, suggéra Piper en consultant son aînée des yeux.

— Parfaitement ! J'y vais.

Elle but une gorgée d'eau et posa ses mains à plat sur la table.

— Mais vous n'aurez jamais le temps de revenir à temps ! La cérémonie aura lieu demain soir à minuit…

Il avait l'air complètement désemparé.

Les trois sœurs le dévisagèrent en gloussant.

— C'est à des milliers de kilomètres d'ici, se lamenta-t-il. Même dans l'un de vos grands avions, cela vous prendra au moins deux jours.

— Ne t'inquiète pas, le rassura Phoebe en lui tapotant le dos de la main. Prue voyage à l'ancienne ! Elle a le pouvoir de faire de la projection astrale. De sortir de son corps, si tu préfères. Tu ne verras même pas qu'elle est partie parce qu'il n'y a que son esprit qui se déplace. Son corps reste ici. Tu vois ce que je veux dire ?

— Oui, je... je crois.

Niall semblait néanmoins très perturbé. Et Prue n'arrangea pas les choses lorsqu'elle annonça qu'elle « s'en allait », sans pouvoir s'empêcher d'ajouter :

— Si la serveuse arrive, commandez-moi un verre de cidre... que j'aie au moins l'air d'être là.

— Mon Dieu... murmura-t-il en se prenant la tête entre les mains.

— À tout à l'heure ! lança Piper avec un large sourire.

Prue ferma les yeux et se concentra. Après quelques secondes, elle éprouva cette impression à présent familière de légèreté, d'attraction irrésistible vers le haut, à travers un long et profond tunnel. Puis elle se vit flotter au milieu d'un ciel radieux, survoler les collines, la mer et les champs, redescendre en frôlant la cime des arbres...

Vinrent ensuite les toits des maisons victoriennes de San Francisco et le manoir des Halliwell. La jeune femme sentit l'atmosphère feutrée du grenier où ses sœurs et elle gardaient *Le Livre des Ombres*.

Comme elle planait au-dessus du vieux grimoire, une brise légère souleva les pages de l'énorme volume et s'arrêta au chapitre des charmes de localisation. L'esprit de sa mère lui venait en aide... Jamais elle n'aurait pu manipuler le livre sous sa forme astrale. Elle n'avait alors pas plus de matérialité qu'un fantôme. Elle pouvait bien sûr utiliser son pouvoir de déplacer les objets par la force de la pensée, mais elle ne le maîtrisait pas encore très bien dans cette dimension.

Elle mémorisa la formule magique en la relisant plusieurs fois et se concentra de nouveau sur l'Angleterre.

— Bienvenue, lui dit Phoebe lorsqu'elle rouvrit les yeux.

Prue frissonna et esquissa un sourire radieux.

— Ce... cela s'est bien passé ? demanda aussitôt Niall d'une voix anxieuse.

Elle attrapa le verre de cidre posé devant elle et le vida d'un trait.

— Oui. J'ai ce qu'il nous faut !

Puis elle fit signe à la serveuse de lui apporter la note et ajouta :

— On rentre à l'hôtel. On ne peut pas lancer un sort au milieu de tous ces gens !

De retour dans leur suite, les sœurs Halliwell eurent la surprise de trouver, trônant sur la table basse, un énorme bouquet de roses dans un vase en cristal.

— Wouah ! s'exclama Phoebe. C'est pour qui ?

Piper se précipita sur la carte de visite posée à côté et eut la confirmation de ce qu'elle craignait : c'était bien de la part de Sir Andrew !

— Oh, non… murmura-t-elle.

— Quoi ? fit Prue. Ces fleurs sont de Léo ?

— Pas vraiment. C'est, euh… une sorte de malentendu. Je vous expliquerai plus tard. On a plus urgent à faire.

Phoebe et Prue échangèrent un regard intrigué puis, voyant leur sœur se détourner du bouquet avec mépris, se résignèrent à ne pas lui poser de questions.

— Bon, qu'est-ce qu'il nous faut pour que le sortilège soit efficace ? demanda Piper.

Prue se tourna vers Niall :

— Votre père devait utiliser une rune particulière pour signer, non ? Un sceau ou une marque pour authentifier ses écrits…

Phoebe sortit un bloc-notes et un stylo qu'elle lui tendit.

— Essaie de t'en souvenir le plus précisément possible.

— Pour localiser Mme Jeffries, enchaîna sa sœur aînée, il nous faudrait un objet qui lui appartienne ou qu'elle ait touché.

Elle s'immobilisa soudain.

— Oh, je sais ! Est-ce qu'il reste des fraises ?

Piper alla vérifier dans le minibar et revint avec un petit panier de bois tressé dans lequel traînait une fraise toute desséchée.

— Je n'aurais pas cru que notre vieille habitude de ne jamais jeter les restes nous serve un jour de cette manière ! s'exclama-t-elle.

— Voici la signature de mon père, déclara Niall en leur montrant un caractère runique tarabiscoté.

On dirait un graffiti, songea Phoebe, amusée.

Prue souleva le lourd vase en cristal avec l'encombrant bouquet de roses et le posa par terre. Puis elle plaça le panier en osier et le dessin de Niall au centre de la table basse. Elle alla chercher un verre d'eau, y plongea les doigts et traça un pentagramme autour des objets.

— Piper, éteins la lampe principale et tire les rideaux, s'il te plaît. Maintenant, donnons-nous la main, les filles et répétez après moi.

Elle se ravisa et prévint Niall :

— Il vaudrait mieux reculer un peu. Nous allons appeler un démon mineur, et il pourrait ne pas apprécier d'être dérangé.

Le jeune homme se tint à l'écart, intrigué de voir comment allait se dérouler l'incantation.

Les trois sorcières formèrent un cercle autour de la table et fermèrent les yeux.

Même lui pouvait ressentir le flot d'énergie qui passait entre leurs doigts mêlés.

De la matière naît la matière,
La terre donne la poussière,
Les gemmes donnent les joyaux,
Ô grand Maklik, entends-nous,
Montre-nous ce que nous cherchons !

Durant un instant, rien ne se passa. Phoebe rouvrit les paupières, se demandant si le sortilège avait marché. Puis, de la fumée s'éleva du pentagramme et une figure se matérialisa au-dessus des objets.

C'était une tête hideuse et ridée, avec deux petites cornes saillant sur les côtés d'un front bombé. Sa bouche était comme un puits sans fond et ses yeux étincelaient de rage.

— J'entends et j'obéis, sorcières !

Les volutes de fumée tourbillonnèrent et laissèrent entrevoir une maison en briques, de style victorien.

— C'est l'immeuble de Diana ! s'écria Phoebe.

Apparut ensuite un vestibule. C'était comme dans un film, les trois sœurs virent alors un escalier qui montait, puis un palier et une deuxième volée de marches. Une porte s'ouvrit sur un couloir qui donnait sur un salon éclairé à la lueur des bougies. Diana était pelotonnée sur son divan, un téléphone à la main.

L'œil du démon les emmena ensuite dans un corridor, au bout duquel se trouvait une échelle. Il y avait une trappe dans le plafond.

Ce fut tout.

La fumée se dissipa.

— Les deux choses que nous cherchons sont donc au même endroit, en déduisit Piper.

— Dans le grenier… murmura Niall avant de lâcher une exclamation dans un langage inconnu des trois sœurs. C'est donc là qu'elle cachait la formule de mon père… Quand je pense qu'elle était là, à portée de main durant tout ce temps ! (Il courut vers la porte.) Je vais la récupérer !

— Attendez ! cria Prue en lâchant la main de Phoebe. Vous ne pouvez pas entrer comme ça chez elle et prendre le parchemin de force ! Mme Jeffries se trouve aussi dans ce grenier, n'oubliez pas. On ne peut pas risquer de la mettre en danger !

Niall s'arrêta net et revint dans le salon.

— Oui, bien sûr. Excusez-moi, j'allais agir sans réfléchir... Que proposez-vous de faire ?

— Prue, tu pourrais te projeter dans le grenier et voir ce qui s'y passe, suggéra Phoebe.

— Bonne idée.

Elle s'assit confortablement sur le divan et se concentra.

Mais son esprit ne put pénétrer dans le grenier. Elle essaya de nouveau, sans plus de succès.

— Qu'est-ce qui se passe ? s'enquit Phoebe.

— Je n'en sais rien. Il y a une sorte de barrière magique qui m'interdit l'accès du grenier. Diana a dû l'ériger par prudence.

— Bon, lâcha Phoebe en se frottant les mains, j'espère que vous n'avez pas oublié vos justaucorps noirs, les filles ! Parce qu'on va être obligées d'avoir recours à la bonne vieille méthode : entrer par effraction.

Il était près de dix heures, ce soir-là, quand les trois sœurs Halliwell quittèrent l'hôtel Trelawney.

— J'ai l'impression d'avoir « voleur » écrit en gros dans le dos, ronchonna Prue en jean et T-shirt noirs.

— Oh, cesse de te plaindre, la taquina Phoebe. Tu es très chic, là-dedans.

Niall les avait devancées avec pour mission d'attirer Diana hors de son appartement.

— Invente n'importe quoi pour la faire sortir, lui avait précisé Phoebe. Emmène-la boire un verre, danser quelque part, n'importe quoi…

Elle avait ajouté à voix basse :

— Mais promets-moi de ne pas lui proposer une balade romantique au bord de l'eau.

En guise de réponse, Niall l'avait prise dans ses bras et l'avait embrassée tendrement.

— De ton côté, promets-moi de te montrer prudente.

Elles venaient à peine de tourner au coin de la rue qu'une voix masculine les interpella :

— Piper ! Enfin je vous retrouve… Cela fait des heures que je vous cherche partout !

La jeune femme voulut ignorer Sir Andrew, mais déjà il courait à sa rencontre.

— Oh, non… Aidez-moi à me cacher…

— Je crois que c'est trop tard ! gloussa Phoebe.

— Avez-vous reçu mes fleurs ? lui demanda le vieux monsieur tout essoufflé. Pourquoi n'êtes-vous pas venue à notre rendez-vous ? J'avais réservé la meilleure table du restaurant.

— Sir Andrew, s'empressa-t-elle de répondre, il s'agit d'un grave malentendu. Vous n'êtes pas vraiment amoureux de moi…

— Comment pouvez-vous dire cela ? Ma chérie, vous êtes mon rayon de soleil… Épousez-moi, je vous en supplie !

— Quoi ? s'étrangla Phoebe.

— Je regrette, soupira Piper, je n'ai absolument pas le temps, on reprendra cette conversation plus tard.

Elle leva la main et pétrifia son soupirant sous le clair de lune. Avec sa moustache tombante, il ressemblait à un vieux morse.

— Allez, on y va, les filles, lança-t-elle alors à ses sœurs. On a du boulot.

— Excuse-moi, la retint Prue, mais tu pourrais peut-être nous expliquer ce qui se passe.

— J'espérais qu'avec le temps l'effet du charme se serait dissipé… ou qu'il se serait lassé ! J'ai acheté un livre sur le pouvoir des fleurs sauvages et il y avait un chapitre consacré aux charmes d'amour…

— J'ai compris, coupa Phoebe. Tu as envoûté ce pauvre homme ? Piper, comment as-tu pu ?

— Ce n'est pas ce que je voulais faire ! Je ne pensais pas que ça allait marcher. Je faisais un essai quand Sir Andrew est arrivé pile à ce moment-là. Je n'y peux rien.

— Ça ne fait qu'un problème de plus à régler

avant notre départ, marmonna Prue. Mais ça attendra qu'on en ait fini avec les druides.

Elles arrivèrent enfin devant l'immeuble de Diana. Tandis qu'elles montaient les marches du porche, Phoebe déclara d'une voix nerveuse :

— J'espère que Niall n'a pas eu trop de difficultés pour la faire sortir de chez elle.

— Tout est éteint, constata Piper en levant les yeux vers le second étage. Ils sont partis.

Prue se concentra sur la serrure de la porte d'entrée, et, bientôt, le loquet se déverrouilla de lui-même. Elle actionna la poignée et pénétra dans le bâtiment, suivie de près par ses sœurs.

— Bravo Niall ! s'exclama Phoebe. La porte de l'appartement de Diana n'était pas fermée. Il a pensé à nous faciliter la tâche.

Elle entra prudemment dans le salon obscur, et entendit le claquement de la porte lorsque Piper referma derrière elle.

Alors qu'elle cherchait la lampe torche qu'elle avait amenée, des mains l'agrippèrent brutalement.

— Arrêtez, quoi ! C'est pas drôle…

La lumière s'alluma soudain et la jeune femme poussa un cri d'effroi.

Diana se tenait en face d'elle, les bras croisés, un sourire méprisant sur les lèvres. Prue et Piper étaient neutralisées par deux hommes musclés. Debout en rang derrière leur prêtresse se tenaient des hommes et des femmes aux visages sévères. Phoebe essaya de se dégager mais le type qui la maintenait prisonnière resserra son étreinte.

Niall était couché par terre, pieds et poings liés, bâillonné avec une écharpe de soie mauve. Il avait été roué de coups.

— Alors, lança Diana, on s'amuse à flirter avec les sortilèges ? Vous croyiez que votre petite intrusion chez moi passerait inaperçue ? L'une de vous a essayé de passer la barrière psychique que j'avais érigée autour du grenier… et a aussitôt déclenché mon « alarme magique » ! (Elle se pencha vers Niall en brandissant un morceau de parchemin jauni par le temps.) C'est cela qu'elle cherchait ?

La formule de Merlin !

Niall se débattit avec force.

— Comme c'est dommage ! Moi qui pensais te le donner demain soir, après la cérémonie. Tant pis pour toi ! Il ne fallait pas me trahir avec ces sorcières.

Elle sortit un briquet et approcha la flamme du parchemin.

— Non ! hurla Phoebe.

Elle fut violemment tirée en arrière.

— Diana, ne faites pas ça !

Le feu léchait les bords du parchemin… qui s'enflamma d'un seul coup.

Il ne fallut que quelques secondes pour qu'il disparaisse en fumée.

— Les anciens écrits se consument si vite, ironisa Diana en soufflant la cendre sur ses doigts.

Puis elle s'accroupit auprès de Niall.

— Il te reste une chance de rentrer chez toi : je connais la formule par cœur... À toi de me convaincre. Je suis sûre que tu vois où je veux en venir !

Il grogna de frustration mais finit par accepter le marché d'un signe de tête.

La jeune femme se tourna alors vers les sœurs Halliwell, le sourire aux lèvres.

— Quant à vous... La moindre tentative de contrecarrer mes projets et je n'hésiterai pas à le tuer.

CHAPITRE 8

Mais pour qui cette femme se prenait-elle ? Croyait-elle vraiment que les *Charmed* se laisseraient faire sans broncher ?

Phoebe n'y tint plus. Elle écrasa le pied de l'homme qui la retenait prisonnière et lui donna un coup de coude dans les côtes.

Il lui lâcha le bras en poussant un cri de douleur. Elle fit volte-face et lui porta un coup au plexus, comme son professeur d'autodéfense le lui avait appris. Profitant de ce qu'il était plié en deux, elle se rua vers Prue pour l'aider à se libérer.

— Maîtrisez-les, bande d'idiots, ce ne sont que des filles ! glapit Diana.

Dans l'agitation qui s'ensuivit, Piper réussit à se dégager, tandis que Prue avait maintenant les mains libres.

Super! se réjouit Phoebe. *Elle va tous les mettre K.O.*

Malheureusement, sa sœur aînée s'effondra au sol avant d'avoir eu le temps d'utiliser son pouvoir.

— Prue !

Une main s'abattit sur l'épaule de Phoebe et s'immobilisa en plein mouvement, comme tout le reste.

Piper! songea-t-elle en la cherchant du regard. Cette dernière était déjà auprès de Prue, toujours inanimée. Elle prenait son pouls. Autour d'elles, Diana et ses disciples étaient figés sur place.

— Elle est seulement dans les vapes, ça ira. J'aurais dû les pétrifier plus tôt, mais ce gros nigaud ne voulait pas me lâcher.

— Mieux vaut tard que jamais... Viens, on détache Niall, on trouve Mme Jeffries, et on file d'ici avant qu'ils ne se remettent en mouvement.

— Ne te fais pas de souci, je relancerai le sort s'il le faut.

Piper s'agenouilla à côté de Niall et le délivra de son sort d'un petit geste de la main. Phoebe alla chercher un couteau dans la cuisine pour couper ses liens. Pendant ce temps, Prue reprenait ses esprits. Elle se frotta le crâne en gémissant.

— Ouille... cet imbécile n'y est pas allé de main morte !

— On t'emmène à l'hôpital, déclara Piper. Tu as peut-être une commotion cérébrale.

— Mais non, ce n'est rien !

— Je ne le croirai que de la bouche d'un médecin !

— Il faudrait y emmener Niall aussi, remarqua Phoebe en examinant sa blessure à la tempe. Ce n'est pas très beau à voir.

— Je vais chercher Mme Jeffries, proposa Prue en se relevant avec peine.

Elle traversa le couloir, grimpa à la petite échelle qui menait au grenier, souleva la trappe et jeta un regard alentour. Personne.

Elle revint alors dans le salon.

— Je ne l'ai pas trouvée !

— Comment ça ? s'étonna Phoebe, les yeux ronds.

— Le grenier est vide. Diana a dû la déplacer quand elle a senti qu'on voulait s'introduire chez elle.

— Eh bien, les filles, pour une mission de sauvetage, c'est plutôt raté, commenta amèrement Piper. On n'a ni la formule de Merlin, ni notre marchande de fruits !

— De toute façon, reprit Phoebe, où que puisse être Mme Jeffries, elle est gardée par un charme puissant. Rentrons à l'hôtel réfléchir au calme.

— J'ai trop mal à la tête pour penser à quoi que ce soit, marmonna Prue.

— Tu vois qu'on ferait mieux de faire un crochet par l'hôpital d'abord !

Dans le taxi qui les conduisait vers les urgences les plus proches, Phoebe ne pouvait s'empêcher d'imaginer la suite des événements. Que Niall ait coopéré ou non, Diana l'aurait de toute façon éliminé, cela ne faisait plus aucun doute. Que faire pour l'aider, maintenant ? S'assurer que la cérémonie du lendemain n'aurait pas lieu… et le renvoyer dans le passé…

Elle se mordit la lèvre en songeant à quel point il lui manquerait. La vie était vraiment injuste !

Alors qu'ils se dirigeaient vers les admissions, le jeune homme la prit à part :

— Tout ça devient trop dangereux. Je n'aurais jamais dû vous entraîner dans cette histoire, toi et tes sœurs. Je ne vous ai attiré que des ennuis. S'il t'arrivait malheur… je ne me le pardonnerais jamais ! Ne vous occupez plus de moi. Sauvez cette vieille dame qui n'a rien à voir dans tout ça et laissez-moi me débrouiller tout seul.

— T'abandonner aux mains de Diane ? Jamais de la vie !

— Ne t'inquiète pas, je sais me défendre. Mais ne nous voilons pas la face : quoi qu'il arrive, je suis perdu. Que j'obéisse ou non à Diana, elle ne me renverra pas là d'où je viens. Je la connais. Je sais de quoi elle est capable. Et je refuse de vous mettre toutes les trois en danger. Je t'aime trop pour cela.

— Tu ne m'empêcheras pas d'essayer, Niall. Je ne vais pas rester les bras croisés pendant que tu te transformeras en poussière… Je préfère te renvoyer chez toi, à des siècles de moi, plutôt que te laisser mourir. Je… je crois que je t'aime…

Elle baissa les yeux, mais il lui leva le menton d'un geste tendre et plongea son regard dans le sien.

Ils s'enlacèrent au beau milieu du hall de réception et s'embrassèrent.

— Excusez-moi, demanda le serveur en s'approchant de la table du petit déjeuner. Y a-t-il un M. Oldman, ici ?

Les trois sœurs se regardèrent, mais Niall ne réagit pas. Phoebe lui donna un discret coup de genou.

— Il est là, lança-t-elle avec un grand sourire.

— On a laissé à la réception ce message pour vous, monsieur.

Il lui tendit une enveloppe couleur crème. Le jeune homme l'ouvrit, parcourut rapidement le message qu'elle contenait et le tendit à Phoebe.

— Rendez-vous ce soir, à dix heures, lut-elle à haute voix.

Le mot n'était pas signé, mais le papier était frappé avec les initiales DSJ : Diana S. Jones.

— Elle me paraît bien sûre d'elle ! s'exclama Piper.

Et pourquoi ne le serait-elle pas ? songea Phoebe. *Elle a toutes les cartes en main. Niall, lui, n'a pas le choix. À moins de découvrir à temps le moyen de le renvoyer dans le passé…*

Elle considéra un instant ses sœurs. Piper n'avait pas l'air trop retournée, malgré sa grande nervosité.

Mais Prue était pâle, et semblait épuisée. Quant à Niall, il avait un gros bleu à la tempe, ce qui lui donnait encore plus mauvaise mine que la veille. Sa nuit passée sur la moquette du salon n'avait rien arrangé. Il avait refusé de dormir sur le divan, affirmant qu'il serait mieux par terre.

Il ne leur restait plus maintenant que la journée pour mettre au point un plan d'attaque. Elle avala une gorgée de café brûlant et déclara :

— Je vais retourner à *Caer Wydyr* afin de dénicher un livre sur les sortilèges temporels.

— Bonne idée, acquiesça Piper. Quelque chose a dû nous échapper.

Le jeune femme finit son toast et se leva.

— Attends ! la retint Prue qui n'avait pas prononcé un mot de tout le repas.

— Qu'y a-t-il ? À quoi tu penses ?

— On ne sait pas comment renvoyer Niall chez lui. En revanche, rien ne nous empêche d'y aller *nous-mêmes*. Je crois me souvenir de la formule. Il suffirait qu'une de nous se rende là-bas et demande directement à Merlin de lui révéler son sortilège !

— Bien sûr ! Comment n'y avons-nous pas pensé plus tôt !

Piper fronça les sourcils, pas tout à fait convaincue.

— C'est très risqué… À la moindre erreur, zap ! On disparaît dans les limbes du temps sans laisser de traces.

— Je connais les dangers d'un voyage dans le temps, rétorqua sa sœur aînée. Mais on n'a pas le choix. Et puis, quels sont les risques, comparés à la certitude que Niall et Mme Jeffries mourront si on n'agit pas ?

— Tu as raison…

— Je ne suis pas d'accord, intervint le jeune homme. Il n'y a aucune raison que vous vous mettiez toutes les trois en danger à cause de moi.

— On ne t'a pas demandé ton avis ! le coupa Phoebe. Tu n'as pas droit au vote. Quant à toi, Prue, tu ne peux pas y aller toute seule. Il te faut quelqu'un pour assurer tes arrières.

Piper leva la main.

— Je l'accompagne. Si par malheur on se retrouvait coincées au Moyen Âge, ce ne sont pas tes visions qui nous en sortiraient. Ne le prends pas mal, mais mieux vaut posséder des pouvoirs actifs en cas de difficulté.

— Ouais… C'est pas juste, moi aussi je devrais avoir un don qui me servirait pendant les combats !

— Bon, lâcha Prue en se levant, on a assez perdu de temps comme ça. Il faut aller se préparer.

— Il faut nous trouver une tenue qui passera inaperçue au VIe siècle, fit observer Prue une fois de retour dans leur chambre. Que pensez-vous de ça, Niall ?

Elle lui montra une robe de flanelle noire.

Le jeune homme grimaça.

Les trois sœurs étalèrent alors toute leur garde-robe sur le lit afin qu'il puisse mieux juger. Il resta un long moment pensif et finit par choisir une robe évasée en lin beige, qu'il tendit à Piper.

— Essayez ça, lui dit-il. C'est un peu fantaisie, mais je pense que ça ira.

À Prue, il présenta un sarrau brun qui lui tombait à mi-mollet et un caleçon gris.

— Pour les chaussures, je ne vois pas une seule paire qui puisse convenir. Il vous faudra aller pieds nus.

— Super… maugréa Prue. J'espère qu'on tombera là-bas en plein été.

— Oui, justement, s'enquit Piper, à quelle date sommes-nous censées arriver? Sait-on seulement quand Merlin a élaboré cette formule?

— Viviane l'a emprisonné dans son château magique un an avant ma naissance, pendant les moissons. C'était juste après l'équinoxe d'automne. Et j'ai vingt-quatre ans.

— Ce qui donne… fin septembre de l'année 559, calcula rapidement Prue.

Phoebe et Niall attendirent dans le salon pendant que les deux sœurs se changeaient.

— Quand je pense que c'est moi qui suis fan des légendes du roi Arthur et que ce sont elles qui vont avoir la chance de se promener dans Camelot! Ça se confirme: la vie est vraiment trop injuste…

Il sourit, amusé.

— Crois-moi, il vaut mieux que tu ne voies pas ce château comme il était à mon époque. Tu serais déçue. Et puis, cela nous permet de passer encore cette journée ensemble... C'est peut-être mon dernier jour sur terre... je ne vais pas te quitter une seule seconde.

— Je t'interdis de dire des choses comme ça ! Tout n'est peut-être pas perdu.

Ils s'embrassèrent passionnément et restèrent dans les bras l'un de l'autre jusqu'à ce que Prue et Piper les rejoignent.

— Oh, que vous êtes jolies !

Ses deux sœurs firent une moue dépitée. Elles se sentaient ridicules dans leur tenue à la mode médiévale !

— Bon, je crois que nous sommes prêtes, soupira Piper.

— En attendant, Phoebe, continue tes recherches chez *Caer Wydyr*, lui rappela Prue. Mieux vaut avoir un plan B, si nous échouons.

— Compte sur moi.

— On n'en a pas pour longtemps. Attention, Camelot, nous voilà !

CHAPITRE 9

Ce fut l'odeur qui frappa tout d'abord Piper. Une odeur forte de boue et de transpiration, mêlée à des relents dont elle n'arrivait pas à identifier la provenance. Elle ne voyait rien, tout était encore plongé dans les ténèbres, mais elle entendait des cris, des bruits métalliques de corps qui s'entre-choquaient.

Lentement la vue lui revint, et elle put distinguer, sous une pluie battante qui lui glaçait les sangs, des hommes d'armes se ruer les uns sur les autres puis s'effondrer à terre, couverts de sang. Un visage rougi et maculé de cendre se tendit vers elle et lui cria quelque chose qu'elle ne comprit pas, avant de disparaître dans la confusion.

C'est ça, Camelot ? Ou alors… on s'est trompées de destination !

— Ce n'est pas possible, je dois rêver ! entendit-elle crier derrière elle. On est tombées au beau milieu d'une bataille !

Elle vit avec soulagement que sa sœur était là.

— C'est l'enfer ! Il faut sortir d'ici avant de se faire massacrer !

Piper fit un pas en avant et s'arrêta net : un objet lui passa au ras du nez. Elle se retourna et vit une hache… plantée dans un arbre juste derrière elle ! Son manche vibrait encore.

— Euh… Prue ?

— Quoi ?… gémit sa sœur en cherchant du regard un endroit plus calme.

— On fiche le camp d'ici !

— Tiens, il y a un bosquet, là-bas, on y va ?

Courbant le dos pour éviter les projectiles qui sifflaient au-dessus de leur tête, elles s'élancèrent à travers le champ de bataille. Leurs pieds nus s'enfonçaient dans le sol boueux et leur faisaient horriblement mal, mais elles réussirent à rejoindre le petit bois saines et sauves. Piper figeait au passage les armes qui s'abattaient sur elles.

Une fois sous le couvert des arbres, elles s'arrêtèrent afin de reprendre leur souffle. Prue en profita pour examiner une coupure qu'elle venait de se faire sur la plante des pieds.

— Je vais attraper le tétanos, avec ça, c'est sûr. En plus, je suis en retard pour mon rappel de vaccin…

— Je ne savais pas que le roi Arthur était en guerre. Niall aurait pu nous prévenir.

— Il nous a peut-être caché bien d'autres informations…

— De toute façon, ça ne peut pas être pire que cette bataille. C'est l'horreur !

— Au fait, tu as remarqué qu'aucun de ces soldats ne portait d'armure ? Et qu'aucun d'eux n'avait de cheval ?

— Et je n'ai pas vu d'épée, non plus. On dirait qu'ils n'ont que ces horribles haches, quelques couteaux et des bâtons. Ça m'a l'air bien primitif, tout ça. Et plutôt dégoûtant.

— Oui, on est loin des histoires de chevaliers courtois que nous raconte Phoebe.

Elles reprirent leur chemin, mais avec son pied entaillé, Prue ne pouvait aller très vite. La pauvre grimaçait de douleur à chaque pas. Elles longèrent ainsi le bois jusqu'à un monticule rocheux.

— Tu vois ce que je vois, là-bas ? lança Piper en pointant le doigt vers l'horizon.

Il y avait un château fort, perché au sommet d'une colline, entouré de quelques huttes de terre.

— Tu crois que c'est Camelot ? demanda sa sœur aînée sur un ton sceptique. Je vois mal les chevaliers de la Table ronde dans ce tout petit truc.

— Je ne vois rien d'autre qui ressemblerait de près ou de loin à une forteresse !

Il leur faudrait traverser une rivière, mais elle semblait peu profonde. Trempées comme elles l'étaient, elles n'étaient plus à ça près !

Elles n'eurent en effet aucun mal à franchir le cours d'eau à gué. Prue glissa cependant sur une roche mouillée et fit une mauvaise chute sur les fesses. Dès lors, elle ne cessa de maugréer contre la pluie, la malchance, les druides et même... le Moyen Âge !

Elles attaquèrent ensuite la montée de la colline boisée. Une fois arrivées devant l'enceinte du château, elles tombèrent sur quatre soldats armés gardant un lourd portail en bois. Au-dessus d'eux, une sentinelle faisait la ronde.

— Il vaux mieux ne pas utiliser la magie, décida Prue. Autant ne pas attirer l'attention sur nous.

Elle entraîna sa sœur derrière un arbre et lui chuchota :

— Il y aura bien un charretier qui demandera à entrer, on se glissera alors derrière lui sans être vues. Qu'est-ce que tu en penses ?

— C'est encore ce qu'il y a de mieux à faire. Allez, on prend notre mal en patience.

Elles n'eurent pas à attendre très longtemps car, quelques instants plus tard, un grincement se fit entendre en haut du chemin. Deux bœufs tiraient un lourd chariot d'où s'échappaient des gémissements et des cris plaintifs.

— Ce doit être les blessés qu'ils ramènent du champ de bataille, souffla Piper. On va certainement ouvrir les portes pour eux. Viens, c'est l'occasion !

La pluie avait cessé de tomber et un épais brouillard s'installait. C'était parfait pour passer inaperçu ! Les deux sœurs rejoignirent en silence le groupe de gens qui commençait à s'agglutiner devant le portail.

— Sois plus discrète ! murmura Prue à sa sœur qui ne pouvait s'empêcher de regarder autour d'elle.

Ainsi mêlées à la foule, elles purent entrer dans Camelot sans se faire remarquer. À l'intérieur de l'enceinte, femmes et enfants se ruèrent sur le chariot pour essayer d'identifier un proche. Bientôt des cris de désespoir et des pleurs résonnèrent au milieu de la confusion générale.

Postées derrière une maison au toit de chaume, les sœurs Halliwell observèrent un moment les hommes et les femmes déambulant dans cette cité boueuse.

— Qu'est-ce qu'on fait, maintenant ? souffla Piper.

— On part à la recherche de Merlin, bien sûr. Mais je sens que ça ne va pas être facile ; cet endroit est bien plus grand qu'il n'y paraissait du dehors.

La forteresse en elle-même était composée de plusieurs bâtiments, reliés les uns aux autres par une galerie couverte qui longeait les murs crénelés. Une tour carrée plus élevée que les autres semblait en constituer l'élément principal.

— Je crois qu'on devrait tenter notre chance dans la tour, suggéra Piper. C'est tout à fait le genre d'endroit qu'un magicien choisirait pour s'installer, non ?

— Ça vaut le coup d'essayer, en tout cas, répondit sa sœur en frottant son pied endolori. Allez, on y va. Le plus vite sera le mieux. Je ne rêve que d'une chose : prendre un bon bain chaud à la maison en sirotant un cocktail de fruits !

— Tu as raison. Le Moyen Âge est bien plus glamour à la télévision ou au cinéma. Je ne supporte plus toutes ces odeurs et toute cette crasse ! Niall ne nous avait pas...

Piper s'arrêta net. Une lourde main venait de s'abattre sur son épaule.

Oh-oh...

Une femme d'une quarantaine d'années, à la carrure imposante, au visage rougeaud, lui faisait face.

Lorsqu'elle ouvrit la bouche, la jeune fille remarqua qu'il ne lui restait pas plus de quatre ou cinq dents.

— *Hwlch y dolch greidawr mulgwyn !*

— Désolée, mais je ne saisis pas bien... hasarda Prue sur un ton poli.

— *Hwlch y dolch greidawr mulgwyn !*

Elle avait l'air furieux et hurlait de plus en plus fort, au grand désarroi des deux sœurs.

— *Dovey diol gwr ffachynleth ?*

Que pouvait bien leur vouloir cette paysanne ?

Non loin, deux soldats avaient assisté à toute la scène. L'un d'eux les interpella :

— *Wyrdryn llangellen a pwyl y fawls !*

Après quoi, ils éclatèrent d'un rire gras.

Oh, non... se désola Piper. *Ils parlent tous cette langue bizarre. Comment va-t-on s'en sortir?*

Se tournant vers Prue, elle vit que sa sœur commençait elle aussi à paniquer sérieusement. Avant de se projeter dans le passé, aucune d'elles n'avait songé qu'il leur faudrait affronter une langue différente de la leur. Après tout, elles se trouvaient toujours en Angleterre. Mais, de toute évidence, en 559, on ne parlait pas l'anglais du XXIe siècle. Un autre détail que Niall avait négligé de leur préciser...

Une foule de curieux s'agglutinait maintenant autour des deux filles. Les gens se moquaient d'elles, les montrant du doigts et ricanant sans vergogne.

C'est alors que Piper réalisa qu'il y avait un autre problème, probablement plus important encore : celui de convaincre Merlin de les aider sans parler la même langue que lui !

Phoebe ne parvenait pas à détacher son regard de l'endroit où ses sœurs avaient disparu, quelques minutes plus tôt. Elle aurait aimé pouvoir les aider d'une manière ou d'une autre mais devait se résigner à attendre leur retour en écumant les librairies de la ville.

Elle poussa un profond soupir et se tourna vers Niall :

— Dépêchons-nous d'aller chez *Caer Wydyr* ; peut-être trouverons-nous quelque chose d'intéressant.

Une fois sur le chemin, la jeune femme s'arrêta soudain en lançant un regard inquiet à la ronde.

— Ce n'est pas très prudent de te balader comme ça, en plein jour. On pourrait croiser Diana !

— Elle ne tentera rien en public. De plus, elle est sûrement persuadée que j'irai à son rendez-vous. Il ne lui vient sans doute pas à l'idée qu'on puisse trouver une autre solution.

— Elle ne devrait pas nous sous-estimer ! Si elle croit qu'en détruisant le parchemin de ton père elle a gagné la partie, elle se trompe ! Je te promets de trouver un moyen pour te renvoyer chez toi…

— J'aimerais… soupira-t-il avant de s'interrompre de lui-même.

— Tu aimerais… ?

Il hésita avant d'avouer dans un murmure :

— J'aimerais plutôt trouver le moyen de… modifier le sort qui m'attend. De rester ici, et de continuer à vivre dans ton présent.

— Tu veux dire que tu préfères notre époque à la tienne ? C'est ça ?

Il plongea son regard dans le sien et elle crut défaillir.

— Non, ce n'est pas exactement ce que je veux dire. Et tu le sais.

Était-ce une déclaration ? Le cœur de Phoebe battait à tout rompre.

— J'aimerais rester ici… avec toi ! Voilà, c'est aussi simple que cela.

Les yeux de la jeune femme s'emplirent aussitôt de larmes.

— Ce serait tellement bien... Je serais si heureuse de pouvoir passer ma vie avec toi !

Elle s'essuya les yeux du revers de la main et ils reprirent leur route. Quand ils passèrent le seuil de la librairie, il était déjà onze heures du matin. Plus que treize heures avant le minuit fatidique de la Saint-Jean !

Le nez collé aux étagères de livres, ils parcouraient tous les titres disponibles en anglais, mettant de côté ceux qui traitaient des enchantements ou de Merlin. Puis ils s'installèrent dans un coin de la boutique, à même le sol, pour feuilleter les uns après les autres les nombreux ouvrages sélectionnés.

Une vieille horloge égrenait les minutes. Tic, tac, tic, tac, le temps passait à une vitesse incroyable et leurs recherches s'annonçaient interminables !

Phoebe découvrit qu'il existait toutes sortes de charmes, du plus saugrenu – contre les poils indésirables – au plus délirant – prendre la taille d'un éléphant ! Mais rien qui puisse les aider à renvoyer Niall dans le passé ! C'était à désespérer !

Elle prit un nouveau livre sur l'énorme pile qui restait à examiner : *Enchantements pour toutes les saisons*.

— C'est vraiment débile, soupira-t-elle en découvrant les têtes de chapitre.

Chasser le mauvais œil… Faire appel aux fées… Faire naître une tempête… Annuler des sorts… Faire pousser des verrues sur le corps de votre ennemi… À croire que la magie ne servait qu'à faire des trucs stupides !

Midi sonna.

Cela faisait déjà une heure qu'ils étaient là et ils n'avaient toujours pas la moindre piste valable !

Niall la consulta du regard, l'air complètement abattu au milieu de tous ces ouvrages ouverts devant lui. Au douzième coup de l'horloge, Phoebe écarquilla soudain les yeux.

Un sourire se dessina sur ses lèvres.

— Je sais ! lança-t-elle en bondissant sur ses pieds.

Elle s'accroupit auprès de son petit ami et lui prit les mains dans les siennes.

Était-il possible que la réponse à tous leurs problèmes se soit trouvée là, sous leur nez, depuis le début ?

CHAPITRE 10

Prue jeta à sa sœur un regard impuissant. Que leur voulait cette espèce de harpie ? Comment allaient-elles se sortir de ce guêpier ?

Soudain, la grosse femme les saisit chacune par un bras et les entraîna de force vers un porche débouchant sur une grande cour boueuse. Un ruisseau noirâtre charriait des détritus nauséabonds. Piper dut se plaquer une main sur le nez pour éviter l'asphyxie.

La paysanne les emmena dans une immense cuisine où s'élevaient deux hautes cheminées. Il y régnait une chaleur épouvantable. Dans un des foyers, une fillette maigrichonne faisait tourner un cochon au-dessus des braises, tandis qu'un chaudron bouillonnait au-dessus de l'autre.

Sans ménagement, la mégère poussa les deux sœurs devant une longue table de bois, à côté d'une autre gamine qui découpait un monceau de légumes.

L'horrible femme posa un plat rond sur la table et vociféra quelque chose de parfaitement incompréhensible.

— C'est de la pâte à pain... fit Piper d'une voix morne. On dirait qu'elle nous ordonne de la pétrir. Elle nous prend pour des servantes, ou quoi ?

— Autant jouer le jeu. Du moins pour l'instant. Ça nous donnera le temps de réfléchir au meilleur moyen de nous échapper. C'est toi le chef cuisinier, montre-moi comment faire.

Prue regarda donc sa sœur prendre un morceau de pâte et le malaxer doucement. Elle s'apprêtait à l'imiter quand la grosse femme la poussa vers le milieu de la table et déversa devant ses yeux ahuris un sac d'oiseaux morts. Il y en avait une bonne demi-douzaine !

— Beurk !... Qu'est-ce qu'elle veut que je fasse avec ça ? Ne me dis pas que je dois toucher à ces choses...

— Si, elle veut que tu les plumes. Désolée.

La jeune femme surmonta son dégoût et attrapa une de ces pauvres bêtes au plumage coloré. Ce devait être des faisans. Jusque-là, Prue n'en avait jamais vu autrement qu'en fines tranches nappées d'une sauce aux airelles !

Elle entreprit alors d'arracher les plumes du bout des doigts.

La paysanne la regardait faire en secouant la tête. Elle grogna quelque chose et lui retira la volaille des main. La tenant par le cou, elle plongea la bête, telle quelle, dans le chaudron.

— L'eau bouillante va aider à lui décoller les plumes, expliqua Piper. Maintenant, elles partiront plus vite, quand tu tireras dessus.

La grosse dame revint et jeta le faisan devant Prue. Elle lui fit les gros yeux et s'en alla vérifier le travail des deux fillettes. Elle hurla de nouveau, s'essuya les mains sur un tablier crasseux et… se dirigea vers la porte.

Elle s'en va? s'étonna Prue, qui l'observait du coin de l'œil. Non, malheureusement, la matrone s'assit lourdement sur un tabouret pour surveiller son équipe de « cuisinières ».

— On n'est pas sorties de l'auberge, marmonna Piper.

Sous le regard médusé de sa sœur, elle enfonça son poing dans le morceau de pâte et l'étala.

— Enfin… continua-t-elle sur un ton désabusé, elle ne nous prend pas pour des espionnes, c'est déjà ça.

— Elle doit penser qu'on appartient à une autre tribu. J'ai lu qu'au VIe siècle, les Anglais étaient divisés en tout un tas de clans qui ne parlaient même pas le même dialecte. Ils transformaient en esclaves leurs prisonniers de guerre.

— Tout ça ne nous dit pas quoi faire maintenant. Tu as une idée?

— Cette mégère ne va pas rester assise là toute la journée ! On file d'ici dès qu'elle a le dos tourné.

— Compte sur moi !

Mais les minutes passèrent, et il semblait de plus en plus probable que la femme ne bougerait pas d'un pouce !

Ça devient grotesque, songea Prue. *Ces odeurs de cuisine commencent à me rendre malade. Je n'ai tout de même pas fait ce voyage de mille quatre cents ans dans le passé pour me retrouver à plumer des faisans !*

— Écoute, souffla-t-elle soudain à Piper, je crois qu'il vaut mieux passer au plan B. Prépare-toi à courir, je vais faire diversion.

— O.K., je suis prête.

Prue jeta un coup d'œil circulaire et aperçut une grosse pierre non loin de la porte ; elle devait servir de cale. La jeune femme se concentra. La pierre s'éleva de quelques centimètres et alla cogner le mur. La grosse mégère tourna aussitôt la tête en direction du bruit.

Le caillou flotta dans les airs et s'éloigna dans le couloir avant de taper de nouveau contre le mur.

Intriguée, la femme se leva, jeta un regard soupçonneux sur les deux sœurs qui faisaient mine de s'appliquer à leur ouvrage, et fit un pas vers la porte.

Dans le mille ! se réjouit Prue avant de faire en sorte que la pierre cogne encore une fois le mur.

Leur gardienne se décida enfin à aller voir ce qui se passait et s'éloigna en marmonnant.

— On y va !

Un doigt sur les lèvres, Prue enjoignit aux deux fillettes de garder le silence. Puis elle traversa la cuisine sur la pointe des pieds, Piper juste derrière elle, pour gagner la sortie. Elles passèrent dans le dos de la matrone sans un bruit et détalèrent une fois dehors. Elles longèrent les bâtiments pour ne pas se faire repérer et mirent le plus de distance possible entre elles et cette horrible cuisine.

— Garde la tête baissée et fais attention où tu mets les pieds, recommanda Prue à sa sœur. On ne doit plus se faire attraper maintenant.

Ce ne devait pas être leur jour de chance ! Alors qu'elles se dirigeaient vers la grande tour carrée, un soldat à la carrure imposante leur barra le chemin. Il dévisagea les deux filles d'un air soupçonneux et leur dit quelque chose. Bien entendu, elles ne comprirent pas un traître mot de ce qu'il racontait...

— Oh, oh... murmura Piper. Là, on est mal !

S'efforçant de sourire, Prue déclara d'une voix polie :

— Euh... pas tout de suite, je suis très occupée aujourd'hui. Si vous voulez bien me laisser passer.

Comme elle tentait de continuer sa route, l'homme l'arrêta en l'attrapant par le bras et en l'attirant contre lui. Il sentait encore plus fort que les cochons de la porcherie ! Et ses dents ! Quelle horreur !...

La jeune femme se débattit avec force et lui envoya un coup de genou dans l'entrejambe.

— Lâchez-moi immédiatement !

Il laissa échapper un grognement de douleur et se courba en deux.

— Un peu violent mais efficace, commenta Piper avant de prendre la fuite.

Elles le plantèrent là, contentes de s'en tirer à si bon compte.

Une fois devant la tour principale, elles eurent la désagréable surprise de constater qu'un immense portail en bois leur en interdisait l'entrée.

Soudain, elles découvrirent une ouverture sur le côté. Prue eut recours à ses pouvoirs magiques pour faire sauter le verrou et toutes deux se glissèrent à l'intérieur.

Elles se retrouvèrent dans l'obscurité d'une immense salle dont le sol était recouvert de paille. De longues tables occupaient la plus grande partie de la pièce. Sur une estrade dominait une autre table, ronde, cette fois, entourée de chaises à hauts dossiers et d'un trône de bois sculpté.

— Ça doit être la salle des banquets, observa Piper. Et, là-bas, c'est certainement la fameuse Table ronde, qu'est-ce que tu en penses ? Je dois reconnaître que cela se rapproche plus de la légende telle qu'on la connaît.

— On est tout près du but, maintenant...

Elles cherchèrent un escalier pour gagner le sommet de la tour. Il y avait plusieurs ouvertures sur les côtés mais elles donnaient toutes sur des pièces plus petites, sans doute les appartements du roi et de ses chevaliers.

— Prue, viens voir ! appela Piper. Je crois que j'ai trouvé quelque chose !

Elle venait de découvrir une petite porte, dissimulée derrière les tentures qui entouraient l'estrade. Elle ouvrait sur une cour intérieure. Quelques mètres plus loin, la tour leur apparut, dans toute sa majesté. Derrière une arcade, un escalier en pierre montait en colimaçon.

— Allons-y !

Les deux jeunes femmes gravirent les marches à la lueur des torches accrochées le long des murs.

— J'espère qu'il est bien là-haut ! s'écria Piper d'une voix nerveuse, que l'écho lui renvoya aussitôt.

— Chut, lui ordonna sa sœur. On ne sait pas qui peut nous entendre.

Les sens en alerte, elle s'immobilisa soudain. Il lui semblait avoir entendu quelque chose juste au-dessus d'elles. Elle fit signe à Piper de s'arrêter et tendit l'oreille. Un silence pesant les enveloppait. Elles attendirent encore quelques instants avant de reprendre leur ascension.

Cela n'en finissait pas ! Le souffle court et ruisselantes de sueur, elles montaient marche après marche sans en voir le bout.

Cette tour se révélait bien plus haute qu'elles ne l'auraient cru.

À moins… qu'il n'y ait de la magie dans l'air !

Mais oui, bien sûr! La tour était protégée de toute intrusion...

Prue secoua la tête et se retourna vers sa sœur.

— Attends, Piper. On n'y arrivera pas de cette façon.

Au même moment, sa cadette écarquilla les yeux et lui fit signe de regarder derrière elle. La jeune femme aperçut alors, au sommet des marches, la haute silhouette d'un homme à la barbe grisonnante, vêtu d'une longue robe bleu foncée. Il avait les cheveux d'un blanc immaculé qui tombaient sur ses frêles épaules. Ses yeux clairs les observaient avec sévérité sous d'épais sourcils en broussaille.

Merlin!

Elles n'eurent pas le temps de réagir, l'enchanteur prononça quelques mots secs et les deux sœurs se retrouvèrent comme enchaînées au sol, les pieds rivés à la pierre.

Piper poussa un cri de terreur.

Prue leva la main et contre-attaqua. Mais le magicien vacilla à peine. Elle avait pourtant mis toute son énergie magique dans ce coup...

Il la toisa avec un sourire méprisant et fit un petit geste de la main. Prue sentit son crâne prêt à exploser. Haletante, elle rassembla toutes ses forces pour résister à la douleur et se libérer de ce charme, mais rien n'y fit. Merlin était bien plus puissant qu'elle.

— Piper… souffla-t-elle, au bord de l'évanouissement. Il… il est en train de neutraliser mes pouvoirs.

— Il croit que nous sommes venues en ennemies ! Il faut absolument lui faire comprendre le contraire…

Elle leva alors les yeux vers le mage :

— Nous sommes venues vous demander de l'aide, Merlin. Nous venons de la part de votre fils ! Croyez-moi, je vous en supplie.

Il l'examina avec attention, puis dit quelque chose. Il lui posait une question, mais s'exprimait dans cette langue commune à tous ici sauf à elles. Piper était désespérée. Que pouvait-elle lui répondre ?

— Nous ne parlons pas votre langue. Avez-vous un sortilège qui nous traduirait vos paroles ?…

Merlin grogna encore quelque chose, qui lui restait tout aussi incompréhensible.

— Je ne comprends pas !

L'expression du magicien se durcit. Il leva un long bâton de bois noueux, couvert d'étranges inscriptions. D'un geste lent, il le dirigea vers les deux sœurs puis entonna une incantation.

Elles étaient perdues !

CHAPITRE 11

— Attendez ! hurla Piper. Nous sommes là pour aider Niall !

La voix de Merlin parut se figer dans l'air. Immobile, son arme magique toujours pointée sur les deux sœurs, il les dévisagea avec une attention nouvelle.

— Niall ! Votre fils !

Formant un cercle avec ses bras, elle imita une mère en train de bercer son enfant.

Lentement, Merlin baissa son bâton puis descendit une marche vers elles. Il prononça alors quelques mots que les filles interprétèrent comme une question.

— Nous ne comprenons pas ce que vous dites, lui répéta Prue en secouant la tête et en touchant du doigt son oreille.

Il proféra d'autres paroles insaisissables, puis fit un geste d'impuissance.

— C'est incroyable ! maugréa la jeune femme. C'est le plus grand magicien de tous les temps, et il n'a même pas de sortilège pour traduire ce qu'il raconte…

Merlin fit alors un geste de la main, et Piper sentit aussitôt ses pieds se dégager du sol. Puis, il leur fit signe de s'approcher. Elles le suivirent et débouchèrent dans une pièce incroyable.

C'était comme d'entrer dans un autre univers, où tout n'était que couleurs et beauté.

Quel contraste avec le monde boueux et primitif qui s'étalait au pied de la forteresse !

Un superbe miroir en argent au cadre richement serti de pierreries trônait au milieu de la salle. Une tapisserie de soie chinoise, un boulier d'onyx, des coupes en cristal aussi clair que de l'eau de roche… Tout cela éclairé par les lueurs dansantes des petites flammes blanches qui couraient au pied du mur.

Une douce sérénité les enveloppa. Il faisait agréablement chaud.

— Wouah… s'émerveilla Prue, qui avait du mal à en croire ses yeux.

Sur une grande table s'amoncelaient des tas de parchemins couverts d'écriture runique. Il y avait aussi des écrits latins et grecs. Piper reconnut quelques mots tels que *Rex potentiam*, qu'elle prononça à haute voix.

— Ça veut dire quelque chose comme « roi puissant », je crois.

Merlin passa son bâton sur un des parchemins puis posa une autre question incompréhensible, dans laquelle Piper crut malgré tout saisir le terme *Romani*.

— Je crois qu'il nous demande si on parle latin, dit-elle à Prue.

Se tournant vers le magicien, elle répondit :

— Non, mais presque ; notre langue s'apparente en effet au latin.

Le vieil homme fronça les sourcils et se gratta la barbe d'un air pensif. Puis il s'avança vers une autre pile de parchemins et les parcourut avec fébrilité.

Un instant plus tard, il laissa échapper un cri de triomphe et brandit l'un d'eux sous le nez des deux sœurs. Puis, du bout de son bâton, il traça quelques signes dans l'air et marmonna une longue série de mots.

— Un véritable exercice de diction, gloussa Prue.

— Je vous l'accorde, lâcha soudain Merlin.

Devant leur mine stupéfaite, il laissa échapper un petit rire.

— Oui, à présent, je comprends votre langue barbare.

Puis, retrouvant son air grave, il ajouta :

— Maintenant, parlez, sorcières. Dites-moi par quelle magie vous connaissez le nom de mon fils qui n'est pas encore né.

— Vous ne semblez pas nous faire confiance, intervint Piper.

— Vous êtes des sorcières.

— Oui, mais nous sommes du côté de la lumière, précisa Prue. Nous ne sommes venues ici que dans l'espoir d'aider votre fils.

— Comment peut-il avoir besoin de votre aide alors qu'il n'est point encore de ce monde ? Ma femme, Nyfein, m'a annoncé il y a trois jours seulement qu'elle était enceinte. Et je ne lui ai pas encore fait part du nom que j'ai choisi de lui donner. Comment savez-vous ces choses ?

C'est là que nous nous jetons à l'eau... songea Piper en se mordant les lèvres.

— C'est que... nous venons du futur.

— D'un futur très lointain, ajouta sa sœur. Près de mille cinq cents ans.

Les yeux de l'enchanteur s'arrondirent de stupeur.

— Niall a été amené de force dans notre époque par des gens qui veulent s'approprier votre puissance magique en se servant de lui.

— Comment ça ?

— Leur prêtresse désire un enfant de lui car elle croit que ce dernier héritera de vos pouvoirs. Niall est leur prisonnier et ils refuseront de le renvoyer chez lui s'il n'obéit pas à leurs ordres.

— Qu'attendez-vous de moi ?

— Il nous a parlé d'une lettre que vous lui auriez adressée, dans laquelle vous disiez que, s'il se trouvait un jour perdu sur des terres étrangères, vous aviez inventé un sortilège destiné à le ramener chez lui.

— Moi, j'aurais fait cela ? Pourquoi lui aurais-je écrit une lettre ? Pourquoi ne lui aurais-je pas tout simplement enseigné la formule de vive voix ?

Les deux sœurs échangèrent un regard inquiet. Merlin ne savait-il donc pas de quoi était fait le futur ? Il ignorait donc que sa compagne l'enfermerait bientôt au cœur d'un château enchanté et qu'il ne rencontrerait jamais son fils...

Prue et Piper avaient des scrupules à lui révéler son destin de peur qu'il ne tente d'y échapper. S'il apprenait en effet que son existence dans le monde des hommes touchait à sa fin, pourquoi n'essaierait-il pas de changer le cours des choses ?

Dans ce cas, il pouvait modifier toute l'histoire à venir.

— Je croyais que vous aviez le don de double vue, avança Piper avec prudence.

— Je ne peux lire dans mon propre avenir. Cela ne m'est pas permis. Mais je comprends vos réticences, mesdemoiselles, à me le dévoiler. Continuez votre récit, je vous prie.

La jeune femme poussa un long soupir et reprit :

— En fait, nous avons retrouvé le sortilège que vous avez écrit pour Niall. Malheureusement cette horrible prêtresse a détruit le parchemin devant nos yeux. Votre fils n'a plus aucun espoir de retrouver l'époque à laquelle il appartient et il mourra ce soir, à minuit. Vous êtes notre dernier recours. Vous seul connaissez le sort qui le délivrerait du temps.

Merlin resta silencieux pendant un long moment. Il finit par s'asseoir à sa table de travail, le dos courbé, réfléchissant à ce que ces sorcières venaient de lui apprendre.

Les deux sœurs attendirent sa sentence l'estomac nouée, la gorge serrée.

— Dites-moi, à quoi ressemble-t-il ?

Piper esquissa un sourire. Cette question était plutôt bon signe.

— Il a de longs cheveux bruns, les yeux semblables aux vôtres : gris bleuté, comme le ciel d'Angleterre. Son cœur est loyal et bon.

— Vous pouvez être fier de lui, ajouta Prue.

— Ah... soupira l'enchanteur avant de replonger dans ses pensées.

Ses longs doigts noueux se levèrent et se saisirent d'un parchemin vierge. Il trempa une plume d'oie dans un liquide sombre et gluant, et commença à écrire.

— Est-ce que... c'est le sortilège pour Niall ? demanda Piper.

— Oui, répondit-il sans lever la tête.

Il s'arrêta un instant, la plume en l'air, remuant les lèvres comme s'il cherchait la bonne formulation, et se remit à noter.

Les deux jeunes femmes se prirent par la main. Elles avaient réussi ! Elles avaient trouvé Merlin et étaient parvenues à lui faire admettre l'incroyable vérité. Bientôt, elles repartiraient avec la formule magique qui permettrait à Niall de rentrer chez lui.

Elles eurent toutefois un pincement au cœur en pensant à Phoebe. La pauvre allait perdre celui qu'elle aimait en lui sauvant la vie !

Il régnait à présent dans la chambre de Merlin un silence solennel, que seuls les grattements de la plume sur le parchemin venaient troubler.

Soudain, on entendit un long grincement. Prue et Piper allèrent voir ce qu'il se passait par la fenêtre. Elles virent le portail s'ouvrir lentement, laissant passer un autre chariot de blessés ainsi qu'une demi-douzaine de silhouettes enchaînées qu'escortaient des soldats armés de lances. Une foule en furie jetait des pierres sur les prisonniers. Les soldats eurent du mal à la contenir.

— Ce doit être des prisonniers de guerre, fit remarquer Prue. Peut-être des Vikings, car ils sont tous grands et blonds.

— Ce sont des Saxons, corrigea Merlin en levant les yeux de son écritoire. Des envahisseurs venus de l'est, des barbares ignares. Arthur a beau être le plus grand chef de guerre de notre époque, ce sont eux qui finiront par triompher.

— C'est une prophétie ? demanda Piper.

Il eut un sourire las.

— Dans un sens, oui. Mais pas comme vous l'entendez. Je ne fais que voir la réalité en face. Ils sont beaucoup trop nombreux pour nous. Il en arrive sans cesse de toutes parts, et nous sommes fatigués de guerroyer. La paix n'est plus qu'un lointain souvenir…

Il poussa un profond soupir. La lassitude se lisait sur son visage ridé.

— Arthur a pris le trône en promettant une ère de paix. Même s'il y parvient, tout s'effondrera après sa mort. Notre temps touche à sa fin. Bientôt nos exploits ne seront plus que légendes.

Piper dévisageait le magicien avec stupéfaction. Comment pouvait-il être si calme, parler sur un ton si tranquille, alors qu'il annonçait la chute prochaine de leur royaume ?

— Parlons plutôt des problèmes que nous pouvons résoudre, reprit-il en se levant.

Il leur tendit le parchemin et déclara :

— Voici le sortilège que vous êtes venues chercher. Je vous sais gré d'aider mon fils.

Prue s'avança et accepta le précieux document.

— Avez-vous un message à lui transmettre ? lui demanda-t-elle.

— Non, je tiens simplement à vous remercier. Je crois que je lui transmettrai moi-même ce message. Une prophétie ne m'a-t-elle pas prédit que je lui écrirais une certaine lettre ?

En souriant, Merlin se remit à son écritoire, prit un autre parchemin et plongea sa plume d'oie dans son encrier. Puis il s'arrêta, le regard perdu dans le vague.

Piper frissonna.

— Prue, tu te rends compte de ce qui vient d'arriver ? murmura-t-elle. Merlin n'aurait jamais rédigé cette lettre si on ne lui en avait pas parlé. Je crois qu'on vient de s'inscrire dans l'Histoire...

— C'est vrai. Et c'est bien pour cela que nous devons partir au plus vite, avant de commettre une action irréparable.

Après avoir dit adieu au magicien, elles joignirent leurs mains et entonnèrent doucement la formule qui devait les ramener dans le futur. Autour d'elles, la pièce disparut peu à peu. Piper jeta un dernier regard à Merlin, penché sur la lettre destinée à son fils.

Un tourbillon les enveloppa et elles se retrouvèrent quelques secondes plus tard dans leur chambre d'hôtel. Qu'il était agréable de respirer un air sain et de sentir sous leurs pieds meurtris la douceur de la moquette !

Prue se laissa tomber dans le divan en poussant un soupir de contentement.

— Ouf ! On l'a échappé belle !

— C'est le moins qu'on puisse dire !

Piper s'installa dans le fauteuil et attrapa sa montre au passage.

— Il est presque midi ! On ferait mieux d'aller retrouver Niall et Phoebe pour leur annoncer la...

je n'ose même pas dire bonne nouvelle, parce que je ne sais pas s'ils vont aimer, en fin de compte.

— Écoute, le principal c'est que Niall ne soit pas réduit en poussière aux douze coups de minuit, non ?

Le bruit d'une clé qu'on tournait dans la serrure les firent taire. La porte s'ouvrit sur une femme en uniforme qui entra dans la suite en poussant un chariot de nettoyage. Lorsqu'elle aperçut les deux sœurs, elle s'arrêta net, la bouche grande ouverte de stupeur.

Ben quoi ? se demanda Piper. Puis, en découvrant son propre reflet dans le miroir, elle réalisa soudain. Pieds nus, le visage maculé de boue, la robe tachée et déchirée, les cheveux en broussaille, sa tenue crasseuse n'était pas du meilleur effet.

— Oh... bredouilla-t-elle, confuse.

— On fait des combats de boue, déclara Prue d'une voix calme. Ma sœur et moi appartenons à l'une des meilleures équipes des États-Unis.

— Euh... oui, et on revient tout juste de notre entraînement.

— Très bien, dit la femme en revenant sur ses pas. Je... je repasserai un peu plus tard.

— Ce sera parfait !

De nouveau seules, elles se décidèrent à aller se débarbouiller.

Une demi-heure plus tard, les deux jeunes femmes avaient pris leur douche et passé des vêtements propres. Elles traversaient le hall de l'hôtel pour rejoindre Phoebe et Niall quand Piper reconnut une silhouette qui ne lui était que trop familière dans un des fauteuils de la réception.

— Oh, non… Sir Andrew ! Cache-moi, s'il te plaît, Prue.

Le vieux monsieur tenait un journal grand ouvert devant lui mais gardait en fait les yeux rivés sur les portes de l'ascenseur. Il attendait, l'air désespéré, la moustache tombante.

— Oh, toi et tes charmes d'amour ! râla Prue en tirant Piper par la manche. Viens, on file par le jardin.

Elles traversèrent l'allée bordée de rosiers puis arrivèrent devant un petit portail en fer. Par bonheur, il n'était pas fermé à clé !

— Piper, quand on en aura fini avec ces druides, je veux que tu trouves le moyen d'annuler ce stupide sortilège. Le pauvre homme est dans tous ses états ! C'est vraiment irresponsable de ta part…

— Je sais, j'ai été idiote. C'est un accident, voilà.

Elles regagnèrent la place du marché par un dédale de ruelles animées. Alors qu'elles se dirigeaient chez *Caer Wydyr*, Piper aperçut Niall et Phoebe à la terrasse d'un café. Ils se tenaient la main, et la jeune femme parlait avec animation.

— Ils ont l'air très heureux pour deux personnes dont l'existence est sur le point d'être bouleversée, fit observer Prue.

À la vue de ses sœurs, Phoebe courut à leur rencontre.

— Vous n'allez pas croire ce qui nous arrive ! C'est hallucinant, on n'aurait jamais osé imaginer ça !

— Quoi, quoi ? demanda Piper, amusée de la voir dans un tel état d'excitation.

Elles rejoignirent Niall, qui avait l'air aux anges.

— On a trouvé un antidote au sortilège des druides !

— Parle plus bas, lui rappela Prue. Personne n'est obligé d'être au courant de ce qu'on fait. Vous avez trouvé quoi ?

— Un antidote ! répéta-t-elle à voix basse. Un contre-charme, si tu préfères.

— Qu'est-ce que tu racontes ? s'étonna Piper. Vous avez trouvé une autre manière de renvoyer Niall dans son époque ? Parce que, Prue et moi, on...

— Non, non ! coupa Phoebe. Je parle d'un vrai antidote. Quelque chose qui va totalement annuler les effets du sortilège de Diana.

Piper et Prue restèrent bouche bée.

— Vous ne comprenez pas ? On peut s'arranger pour que Niall n'ait *plus besoin* de retourner dans son époque ! Il peut passer le reste de sa vie ici... avec moi !

CHAPITRE 12

— Attends un peu, demanda Prue, tu veux répéter?

— On avait la réponse sous le nez depuis le début, déclara Phoebe. Je m'en veux de n'avoir rien vu... C'est dingue!

Niall lui prit la main.

— Non, tu es géniale, au contraire.

Ils échangèrent un sourire radieux.

Prue poussa un soupir impatient.

— Bon, si tu nous expliquais plus précisément?

Mais elle dut encore attendre un peu car la serveuse vint prendre leur commande. Piper parcourut rapidement la carte et se décida pour une limonade tandis que sa sœur aînée prenait un thé glacé.

Dès que la serveuse fut repartie, Phoebe se pencha au-dessus de la table et leur fit part de sa trouvaille d'une voix enjouée:

— Diana a soutenu que Niall serait réduit en poussière, ce soir, aux douze coups de minuit, s'il ne coopérait pas.

Piper fronça les sourcils.

— Tout ce que nous avons lu sur les sortilèges temporels nous le confirme.

Sa jeune sœur ne se laissa pas démonter pour autant.

— C'est vrai, mais rien ne nous dit que le sort agirait si, à ce moment-là, Niall n'était nulle part…

Prue hocha la tête. Jamais elle n'aurait pensé à ça. Ce qu'avançait Phoebe n'était peut-être pas si idiot…

— J'ai trouvé un livre chez *Caer Wydyr*, pendant que vous étiez parties, qui affirme que si un sortilège doit se réaliser à une heure précise, il devient inopérant à tout autre moment. Si Niall n'est pas là aux douze coups de minuit, le maléfice de Diana ne marchera pas !

— Si Niall n'est pas là… répéta Piper, sceptique. On ne peut tout de même pas le jeter dans un avion en partance pour Tahiti ! Le pouvoir de cette prêtresse doit avoir un rayon d'action limité, mais on ne sait pas quelle est sa portée. L'envoyer au bout du monde ne suffirait peut-être pas…

— Je ne parle pas de *distance*, insista Phoebe. Je parle de *temps*.

Prue esquissa un sourire. Elle commençait à comprendre où sa sœur voulait en venir.

La serveuse revint, posa leurs boissons sur la table et s'éloigna.

— C'est simple, enfin ! Si Piper fige Niall dans le temps juste avant minuit et le libère juste après le douzième coup, il ne sera pas affecté par le sortilège ! Tout ce qu'il nous reste à faire, c'est de nous assurer que nos montres sont parfaitement à l'heure.

Piper voulut intervenir de nouveau, mais Phoebe continua sur sa lancée, de plus en plus excitée :

— Qu'est-ce qu'il y a en Angleterre, les filles ? L'observatoire de Greenwich ! C'est lui qui indique l'heure universelle. J'ai appelé leur horloge parlante et j'ai réglé ma montre à l'heure exacte.

Leur sœur aînée sirotait son thé glacé d'un air songeur. En y réfléchissant bien, l'argument de Phoebe tenait debout. Pourtant, quelque chose la tracassait encore, ce que Niall ne manqua pas de remarquer.

— Prue, je sais à quoi vous pensez. Il est dangereux de jouer ainsi avec le temps. Mais rien ne me rattache à mon époque : je n'ai pas de famille, pas d'épouse, pas d'enfant. Personne ne sait que Merlin a eu un fils. Et je ne suis pas non plus l'un des chevaliers de la Table ronde. Je ne suis qu'un capitaine de galion ; mon nom n'apparaît nulle part dans l'Histoire.

Il eut un sourire amer.

— Je ne compte aux yeux de personne.

— Sauf pour moi, s'empressa de préciser Phoebe.

Il se tourna vers elle, ému jusqu'aux larmes.

— Mon cœur est ici, à présent. Je me sens chez moi, dans votre monde.

Piper se mordit les lèvres.

— Je ne voudrais pas jouer les trouble-fête mais qu'est-ce que tu fais de ta vision ? Celle que tu as eue le jour de notre arrivée, juste après ta rencontre avec Niall.

— Mais oui ! s'exclama Prue. Je l'avais complètement oubliée.

— Tu ne te rappelles plus le sentiment que tu as éprouvé, alors ? Cette horrible sensation de perte qui t'a submergée ? Cette vision voulait t'avertir de quelque chose, c'est certain. Quelque chose sur ton avenir.

— Je sais, admit Phoebe. J'y ai pensé aussi. Seulement mes visions ne me disent pas ce qui *va* arriver ; elles me montrent ce qui *peut* arriver si je n'interviens pas. Le futur est là pour être changé. Si on a le courage et le pouvoir de le faire, bien sûr.

Elle les implora toutes deux du regard.

— S'il vous plaît, les filles, je l'aime et il m'aime… Aidez-nous à rester ensemble.

Prue eut un pincement au cœur. Elle désirait plus que tout au monde rendre sa petite sœur heureuse, pourtant il lui semblait que les deux amoureux jouaient avec le feu. Avait-elle le droit de leur refuser cette chance ? Devait-elle fermer les yeux au risque de les laisser courir à la catastrophe ? Elle ne savait quoi décider…

Puis, en les voyant si désespérés à l'idée d'être séparés, elle prit une profonde inspiration et déclara :

— On est avec toi, petite sœur. Quoi qu'il arrive, on sera à tes côtés.

— Oui, je suis d'accord, renchérit Piper.

— Merci, je vous adore !

Il y eut un moment de silence, puis Prue sortit de son sac le parchemin que lui avait remis Merlin, et le tendit à Niall.

— J'imagine que vous n'en aurez plus besoin, maintenant. Mais gardez-le avec vous, on ne sait jamais. Votre père était un homme impressionnant !

— Merci, souffla le jeune homme avec reconnaissance.

Il examina longuement les runes calligraphiées avant de rouler le précieux papier et de le glisser dans sa poche.

— Je ne saurais assez vous remercier pour tout ce que vous avez fait pour moi…

— Attendez, riposta Prue, on n'en a pas encore fini avec vos amis les druides. Il nous reste un gros problème à régler…

— Mme Jeffries ! s'écria Piper. Il faut absolument la retrouver !

— Bien sûr, reprit Niall. Comment vous aider ?

Prue le fixa droit dans les yeux.

— Il faudrait que vous nous serviez d'appât. Prenez contact avec Diana. Laissez-lui croire que vous acceptez son petit marché et que vous vous rendrez à son rendez-vous de ce soir.

— Et ensuite ?

Elle consulta ses sœurs du regard et leur adressa un sourire complice.

Il était temps de faire appel au Pouvoir des Trois.

— Ensuite… nous nous chargeons toutes les trois de prendre la relève.

— C'est là-bas, derrière ces arbres, murmura Piper. Il y a deux menhirs dressés vers le ciel au milieu de la clairière. J'imagine que c'est une sorte d'autel qui servait aux druides, dans les temps anciens.

— C'est en effet un lieu de magie, confirma Niall à voix basse. Ces pierres sont censées canaliser le pouvoir de la terre qui, à l'origine, est extrêmement puissant et destructeur. Les druides domptent cette énergie afin de la mettre au service de la lumière… mais tous ne sont pas bienveillants, comme l'attestent Diana et ses disciples.

— Ils doivent être en train de préparer un feu, fit observer Piper en humant l'air. Oui, là-bas, je vois une lueur orange.

— Cela fait partie de leur cérémonie. Ils y jetteront le pantin en osier avec la victime à l'intérieur.

Phoebe eut un frisson d'horreur.

— Je compte bien les en empêcher ! déclara Prue d'une voix tranchante.

Le soleil venait de se coucher à l'horizon. Le ciel était magnifique ; les premières étoiles apparaissaient déjà.

Le petit groupe progressa en file indienne et se tapit dans les fougères en bordure de la clairière.

Le spectacle auquel ils assistèrent les figea sur place.

Un gigantesque bûcher était érigé entre les deux menhirs. On pouvait en sentir la chaleur jusque dans le sous-bois. Une femme en tunique blanche s'avança et jeta dans les flammes une brassée de branches aux feuilles vertes et luisantes. Une gerbe d'étincelles monta vers le ciel, et l'air s'emplit d'une puissante odeur parfumée.

— C'est du gui, murmura Niall. Une des plantes sacrées qu'utilisent les druides pour leurs rituels.

Une silhouette élancée, vêtue d'une tunique orange vif, se découpa au milieu de tous. C'était Diana, la grande prêtresse, qui allait présider à la cérémonie.

Sa longue chevelure auburn retombait sur ses épaules. Elle portait de nouveau ses écharpes de soie mauve et vert pâle. Quelques disciples s'affairaient autour d'elle pour ajuster les pans de sa tunique.

Les yeux fermés, elle levait son visage vers les étoiles. Au-dessus d'elle, les nuages commençaient à s'amonceler.

Prue souffla :

— Je vois le pantin en osier sur la droite, là-bas.

Il y avait en effet un immense mannequin au fond de la clairière, gardé par deux hommes en habit blanc.

— Ils ont déjà certainement enfermé Mme Jeffries dedans, affirma Prue. La pauvre doit être terrifiée.

— Je crois qu'il est temps d'agir, dit soudain Niall en lâchant la main de Phoebe. Piper, êtes-vous prête ?

— Oui.

La jeune femme s'avança sans bruit jusqu'à la lisière du bois.

— Je vais m'approcher au maximum de ce géant. Tout ce que vous aurez à faire, c'est de retenir l'attention de tous pendant que je figerai les gardes et que je libérerai la vieille dame.

Niall se tourna vers Phoebe et lui glissa à l'oreille :

— Sois prudente, ma chérie.

Il lui déposa un rapide baiser sur la bouche, lui caressa la joue et sortit à découvert d'un pas décidé.

Comme il pénétrait dans la clairière, un silence de mort s'installa parmi les officiants. Le visage de Diana s'illumina à sa venue.

— Me voilà, annonça-t-il sur un ton de défi.

— Parfait.

— Avant toute chose : j'aimerais une garantie de ta bonne foi. Comment puis-je avoir l'assurance que tu tiendras ta promesse de me renvoyer dans le monde qui est le mien ?

La jeune femme éclata de rire. Elle le toisait avec un mépris grandissant.

— Très cher Niall, te crois-tu vraiment en position d'exiger quoi que ce soit?

Elle vint se poster tout près de lui, caressa sa joue avec une joie maligne et ajouta d'une voix dure:

— Ta vie est entre mes mains, ne l'oublie pas.

Tandis que Phoebe gardait les yeux rivés sur son amoureux et cette horrible prêtresse, Prue surveillait les arrières de leur sœur.

— Je vois Piper. Elle vient de figer les deux gardes et elle essaie d'ouvrir le pantin.

Phoebe acquiesça d'un air absent. Voir Diana se jouer ainsi de Niall lui était insupportable!

Heureusement qu'il ne se laissait pas faire…

— Toi seule as le pouvoir de me renvoyer chez moi, admit le jeune homme, mais sans moi tes projets de puissance ne sont plus rien! Tu as autant besoin de moi que moi de toi…

Le sourire de Diana disparut un instant, puis elle changea de tactique:

— Niall, voyons, tu sais très bien que je suis folle de toi… Il est bien évident que je ne te laisserai pas mourir de cette façon.

Il se pencha alors vers elle et sur un ton plus doux lui glissa:

— Dis-moi pourquoi je devrais te croire…

Voyant les poings de sa jeune sœur se serrer violemment, Prue lui souffla:

— Arrête de stresser, tu ne vois pas que Niall essaie de gagner du temps !

— Je sais, mais ça me rend dingue de le voir minauder avec cette Diana !

— Regarde ! Piper a réussi à délivrer Mme Jeffries !

Elles aperçurent en effet la jeune femme, soutenant la marchande de fruits, qui se dirigeait vers le bois pour s'y abriter. Piper leur fit signe que tout allait bien.

— Elle est même en avance, c'est génial ! se réjouit Phoebe. On y va, Prue ?

— O.K., tu es prête ?

— Et comment !

Les deux sœurs sortirent de l'ombre et marchèrent vers le bûcher.

— Wouah, un barbecue ! s'exclama Phoebe. J'espère que vous nous avez gardé un peu de marshmallows grillés !

Ne s'attendant pas à cette intrusion, les druides restèrent parfaitement immobiles. Diana réagit la première et se mit à hurler :

— Qu'attendez-vous pour vous emparer d'elles ?

D'un pas hésitant, trois hommes s'avancèrent vers les nouvelles venues.

— Ah, non, on n'approche pas ! lança Prue avant de les envoyer, d'une chiquenaude, valser dans les airs.

Les yeux de Diana s'arrondirent de stupeur.

— Que pensez-vous de nos pouvoirs ? railla Phoebe. Pas mal, non ?

— Mais attrapez-les, bande d'idiots ! Elles vont tout gâcher !

Après cette petite démonstration, ses hommes n'étaient pas très enclins à se mesurer aux sorcières. Quelques courageux se décidèrent cependant, mais Prue les projeta à l'autre bout de la clairière sous le regard terrifié de leurs compagnons.

— Prue ! Phoebe ! les interpella Niall. Attention, derrière vous !

Trois figures sinistres s'apprêtaient à s'abattre sur elles, quand... elles se figèrent comme par miracle.

Débouchant du sous-bois, Piper arborait un sourire satisfait.

— Quelqu'un d'autre serait intéressé par un petit repos forcé ?

Devant la mine déconfite de Diana, les trois sœurs laissèrent leur joie éclater.

La jeune femme se voyait abandonnée de tous ses compagnons. Morts de peur, les druides s'enfuyaient dans la forêt sans demander leur reste.

Pourtant la prêtresse n'avait pas dit son dernier mot. Profitant de la confusion générale, elle s'élança au milieu des deux menhirs et psalmodia une incantation, les bras levés vers le ciel.

Déjà une lueur verte apparaissait au-dessus d'elle, s'intensifiant dans la nuit.

— Prue ! lança Phoebe en indiquant Diana à sa sœur.

— Oh... elle n'a décidément rien compris !

Elle se concentra sur une des écharpes de la jeune femme et la fit glisser le long de ses épaules puis s'enrouler autour de ses poignets. Ainsi menottée, Diana jeta un regard acerbe à la sorcière mais continua son incantation.

Prue décida alors d'agir sur la deuxième écharpe et s'en servit pour la bâillonner, la réduisant enfin au silence.

La prêtresse poussa un grognement étouffé.

— Très joli, Prue ! Bravo ! s'exclama Phoebe.

— Vous êtes incroyable ! renchérit Niall, admiratif.

— Merci, je suis flattée.

Puis elle se tourna vers Piper.

— Tout va bien de ton côté ?

— Mme Jeffries est indemne, elle a juste l'air complètement perdue.

— On devrait peut-être lui jeter un sort d'oubli, suggéra Phoebe. Il vaudrait mieux pour elle ne pas se souvenir de toute cette histoire...

— Tu m'étonnes, acquiesça Prue. Mais avant ça, il faut régler le problème des menhirs. On ne peut pas les laisser comme ça, c'est trop dangereux. Même s'ils ont été érigés avec de bonnes intentions, des gens malveillants peuvent encore s'en servir.

— Tu as raison, fit Piper. Il faut faire quelque chose.

Niall écarta Diana de l'autel tandis que les trois sœurs Halliwell se plaçaient entre les pierres levées en se donnant la main.

Doucement, Prue entonna une formule purificatrice qui venait du *Livre des Ombres*. Piper et Phoebe joignirent leur voix à la sienne :

En ce lieu, en cette nuit,
Purifiez ces pierres,
Ramenez-les à la lumière.
Par le Pouvoir des Trois,
Ramenez-les à la lumière !

Un craquement terrible résonna au-dessus d'elles. Les deux énormes rochers s'ébranlèrent et une faille apparut à la base de chacun d'eux. Deux éclairs de lumière verte jaillirent soudain de ces fissures et s'élevèrent dans le ciel.

Il y eut un grondement sourd qui s'estompa peu à peu, et avec lui la lumière verte. Les menhirs étaient de nouveau intacts. Un silence plein de sérénité vint les envelopper. Les deux pierres avaient perdu leur aspect menaçant…

— Voilà, soupira Phoebe avec un léger sourire.

Elle consulta sa montre. Dix heures passées. Il restait moins de deux heures avant que Piper ne fige Niall.

Elle se dirigea alors vers son petit ami et le prit à part.

— On a réussi, tu vois ?

— Oui… Cela me donne une petite idée de ce que seront les années que je m'apprête à passer avec toi !

— Les années… répéta-t-elle, pensive.

Des années entières avec l'homme de sa vie ! Quel bonheur !

Elle se blottit dans ses bras, profitant de l'instant présent.

Mais, alors qu'ils étaient enlacés, la jeune femme fut secouée par une vision d'une rare violence.

— Oh, non ! Non !

CHAPITRE 13

Des images floues se succédèrent devant les yeux de Phoebe. Elle était debout sur la place du marché de Hay-on-Wye. Mais, au lieu des boutiques et des terrasses de cafés chics s'élevaient des bâtiments insalubres.

Des enfants en haillons, le visage creusé par la faim, jouaient dans le caniveau ; un mendiant édenté tendait une main décharnée aux passants qui l'ignoraient…

Quant au petit cottage de Mme Jeffries, ce n'était plus qu'une ruine, dont le jardin, jadis si bien tenu, était encombré de carcasses de voitures rouillées. À la place de l'hôtel Trelawney se dressait un terrain vague que sillonnait un ruisseau noirâtre.

Soudainement la ville de San Francisco s'imposa à son esprit. Elle était méconnaissable… Tous les habitants étaient en noir et les façades colorées des maisons victoriennes avaient cédé la place à des murs gris et sinistres. Les panneaux de signalisation étaient écrits en espagnol !

Elle se trouva ensuite devant la cathédrale de Washington Square. Sur le parvis, un prêtre déclamait un sermon au milieu d'une foule médusée. Un homme, écartelé entre deux poteaux, recevait des coups de fouet d'un bourreau au sourire cruel.

— Non ! Arrêtez !

Hélas ses cris se perdaient dans le vide. Personne ne l'écoutait.

— Phoebe ! Phoebe !

Au loin résonnait la voix de ses sœurs. Elle sentit alors qu'on la secouait...

Lorsqu'elle rouvrit les yeux, elle était de nouveau dans les bras de Niall. Le pauvre avait l'air épouvanté. Piper et Prue se tenaient à ses côtés, tout aussi inquiètes.

— Que s'est-il passé ? demanda-t-il. Est-ce comme lorsque nous nous sommes rencontrés ?

Encore sous le choc, Phoebe reprit son souffle et hocha tristement la tête.

Sa vision avait un rapport avec Niall, elle en était certaine. Que signifiait-elle ?

Elle fut prise d'une angoisse soudaine, craignant comprendre l'avertissement...

— Phoebe, qu'est-ce que tu as vu ? s'enquit Piper.

L'espace d'un instant, elle fut tentée de lui répondre « rien », mais elle savait que ses sœurs ne la croiraient pas. De plus, une *Charmed* était toujours tenue de dire la vérité.

Elle se décida donc à tout leur raconter. Quand elle eut terminé, un lourd silence s'installa.

— Je sais ce que vous pensez, toutes les deux, finit-elle par reprendre. Mais qu'est-ce que Niall a à voir avec tout ça ? Ce n'est quand même pas sa présence ici qui va chambouler la tranquillité de Hay-on-Wye ? Ou qui va mettre San Francisco sous le joug de l'Inquisition espagnole !

— Phoebe, intervint doucement Prue, peut-être que ce n'est pas sa *présence*, le vrai problème, mais son *absence* dans le passé…

— Le destin lui réserve peut-être de grandes choses au VIe siècle, dont dépend le sort de milliers de gens, ajouta Piper en lui posant une main sur l'épaule.

— Vous voulez dire que si je retourne dans le passé, ces visions d'horreur ne se réaliseront pas ? C'est moi qui vais changer le cours de l'Histoire ?

— Il semblerait que oui, soupira Prue.

— Vous ou vos enfants ou encore vos petits-enfants, précisa Piper. Qui sait ?

— Non ! s'écria soudain Phoebe. Non, non, non ! Il peut y avoir des milliers d'autres explications ! Je refuse d'accepter ça ! Je refuse !

Elle détourna son regard pour n'avoir pas à affronter celui de ses sœurs, car elle savait au fond d'elle-même qu'il lui fallait renoncer au bonheur.

— Diana a fait des recherches sur mon lignage, annonça brusquement Niall. Ou, au moins, a-t-elle dû le faire pour créer le sortilège qui m'a amené ici. Retournons dans son appartement et vérifions ce que la vie me réserve dans le passé. Moi qui avais peur de me découvrir une existence insignifiante… Comme je l'espère maintenant!

Phoebe se tourna vers Diana, qui lui renvoya un regard vide.

— On y va! déclara Prue.

Une demi-heure plus tard, ils se retrouvaient tous dans le petit bureau de Diana. Auparavant, Prue avait ramené Mme Jeffries chez elle et l'avait mise au lit, en lui jetant un sortilège qui devait lui faire oublier son cauchemar.

Allongée sur le divan, Diana dormait… grâce aux bons soins de Piper, afin que les *Charmed* puissent opérer en toute tranquillité.

— Tenez! dit Niall en tendant à Prue un mince dossier. Selon Diana, cela contient toute ma vie.

En le feuilletant, Prue vit que plusieurs pages étaient couvertes de l'écriture large et ronde de Diana.

— On dirait qu'elle a trouvé un site Internet sur vous et votre famille! lança Prue. Vous allez être à l'origine d'une des familles les plus éminentes du pays de Galles ! Vous avez eu... enfin, vous allez avoir quatre filles.

Phoebe déglutit avec peine. Les larmes lui montaient aux yeux.

— Selon les recherches de Diana, votre fille aînée, Gwyneth, a épousé un seigneur de la région, Rhys of Penarth.

— C'est le fils d'Idris, mon frère de lait ! s'exclama Niall. Un bon garçon, malgré son caractère impétueux.

— Ils ont eu deux fils, continua Prue avant de froncer les sourcils.

Quelque chose ne collait pas.

— Mais l'un d'eux est mort à l'âge de neuf ans, et l'autre est entré au monastère en l'an 617. La lignée de Rhys s'arrête ici. Les terres des Penarth sont allées à la sœur de Rhys et sa famille.

— Ce qui fait que Niall n'a eu aucun descendant par Gwyneth, remarqua Piper. Mais, et les trois autres filles ?

Prue feuilleta rapidement le reste des documents.

— Diana n'a rien trouvé sur ce qui a pu leur arriver, déclara-t-elle. Gwyneth est la seule dont on ait des traces – sans doute parce qu'elle a épousé un noble.

— Alors, dit Phoebe en croisant les bras, on n'a toujours pas de réponse à nos questions. Qu'est-ce qu'on fait, maintenant ?

— Phoebe, je sais que c'est terrible pour toi, répliqua Piper, mais il faut voir les choses en face. Même si on ne sait pas pourquoi, on est sûres que le fait de garder Niall ici altère le cours de l'histoire. C'est bien ce que ta vision a montré, non ?

— Je me rends parfaitement compte de ce qui se passe. Mais je voudrais une explication plus précise, tu comprends ? Si Niall doit retourner dans son époque, je veux savoir *pourquoi*.

Phoebe était au bord des larmes, et Prue était malade de la voir dans cet état.

— Essayons autre chose, proposa-t-elle alors. Qu'est-ce qu'il y avait dans la vision de Phoebe qui semblait si différent de notre réalité ? Si on arrive à le trouver, on pourra peut-être travailler à rebours et découvrir ce qui a causé tout ça.

— *Tout* était différent, marmonna Phoebe. San Francisco ressemblait à l'Espagne du Moyen Âge, et Hay n'était plus qu'un village misérable.

— Le problème est de trouver le lien entre la Californie et cette petite ville du Royaume-Uni.

Niall, qui les écoutait sans rien dire, intervint.

— L'Angleterre, comme l'Espagne, n'a-t-elle pas colonisé l'Amérique, à une époque ? J'ai lu quelque chose là-dessus, dans un livre d'histoire que m'avait donné Diana.

— C'est vrai, lui dit Prue. Et alors ?

— Eh bien, peut-être s'est-il passé quelque chose

qui aurait empêché les Anglais de conquérir l'Amérique, suggéra-t-il.

— Vous avez raison, lâcha Prue. Ça expliquerait la terrible pauvreté que Phoebe a vue à Hay, ainsi que la présence espagnole à San Francisco. Peut-être l'Angleterre n'a-t-elle tout bonnement pas eu les ressources nécessaires pour coloniser le Nouveau Monde.

Elle poursuivit sur un ton de plus en plus animé :

— Et la source des richesses et de la puissance de l'Angleterre, c'était la mer ! Les navires anglais contrôlaient complètement les océans.

— Alors, enchaîna Piper d'une voix lente, s'il arrivait quelque chose à l'industrie navale anglaise, l'Angleterre pouvait ne jamais devenir une grande puissance mondiale !

— Niall est capitaine de navire, remarqua Prue. Il vivait sur la côte. Il était logique qu'au moins un de ses descendants devienne marin, lui aussi.

— Oui, mais ça ne nous avance pas plus, objecta Phoebe. Si l'histoire de Niall a bien quelque chose à voir avec la marine anglaise, on ne sait toujours pas ce que c'est.

— Attends, dit Prue avant d'allumer l'ordinateur de Diana. Il ne faut pas négliger Internet, notre magicien à nous ! Il y a eu quelques périodes clés dans l'histoire maritime, et entre autres, celle de l'Armada espagnole.

— L'Armada espagnole ?... répéta Niall sur un ton étonné.

— Oui, l'Invincible Armada, lui expliqua Phoebe. C'était une immense flotte envoyée par l'Espagne pour attaquer l'Angleterre, en 1588. Ils cherchaient à envahir ce pays pour placer leur roi, Philippe, sur le trône. Mais les Anglais ont résisté et les ont battus.

— À plate couture, précisa Prue.

— Si l'Espagne avait réussi à conquérir l'Angleterre, continua-t-elle, elle serait devenue la première puissance maritime au monde. Ce qui aurait sans doute bouleversé le cours de l'histoire future.

— Pourtant, reprit Phoebe, et avec tout le respect que je te dois, Niall, si la flotte anglaise a battu les Espagnols, c'est surtout grâce à la chance. La moitié de l'Armada avait été décimée par plusieurs tempêtes avant d'atteindre les mers anglaises. Quant à l'autre moitié, elle avait fait naufrage au large des côtes d'Irlande. À l'arrivée, il faut reconnaître qu'il ne restait plus grand-chose des navires espagnols.

— Tu es sûre que c'était dû à la chance ? interrogea Prue. Il ne faut pas oublier qui était le père de Niall.

— Tu veux dire que la défaite de l'Invincible Armada aurait quelque chose à voir avec la magie ? demanda Piper d'une voix étranglée.

— Je dis que ça ne coûte rien de chercher de ce côté, rétorqua-t-elle en tapant sur le clavier. Ah, voilà : *Invincible Armada*. On y va.

Ses deux sœurs s'approchèrent tandis que l'écran affichait une liste de sites susceptibles de les intéresser. Une liste si impressionnante que Phoebe grogna :

— Non, mais je rêve ! Il y en a plus d'une centaine ! C'est hallucinant, on ne pourra jamais les visiter tous !

— Il est onze heures passées, intervint alors Niall sur un ton poli. Il faut nous dépêcher, à présent, si je ne veux pas me retrouver à l'état de cendres à minuit.

— Ne dis pas ça, Niall ! s'exclama Phoebe en le serrant contre elle. Même pour plaisanter… je ne trouve pas ça drôle.

Prue lança une recherche sur le premier site, sans trouver la moindre trace des enfants, petits-enfants ou arrière-petits-enfants de Niall.

Un nom attira pourtant son attention : Sir Charles Howard, comte de Nottingham. Il avait commandé la flotte britannique au cours de la bataille contre les Espagnols… Prue cliqua sur son nom. Était-il un descendant de Niall ? Un portrait de famille apparut. Le tableau représentait Sir Charles Howard. L'homme était pâle, mince, aux cheveux blonds et épars. Il était assis sur une chaise à haut dossier en bois sculpté et portait un pourpoint de velours bleu, sous une cape de fourrure.

À sa gauche se tenait son épouse, une femme brune, qui serrait un bébé dans ses bras. Aux pieds du couple se trouvaient trois petits enfants, ainsi que deux chiens à l'allure majestueuse.

Prue allait passer au site suivant quand Phoebe poussa un cri. Puis, la main sur la bouche, les yeux écarquillés, elle articula :

— Mon Dieu, Niall, regarde cette femme ! Elle te ressemble terriblement !

Tout le monde colla le nez sur l'écran pour examiner de plus près Lady Mary.

— Tu as raison, finit par dire Prue. Elle a vos yeux, Niall. Et sa chevelure noire et bouclée, c'est la vôtre... Je crois qu'on a trouvé le descendant de Niall Oldman ! Ou plutôt *une* descendante.

— Et une sorcière, ajouta Piper. Observez-la bien. Son regard méfiant. Elle cache un secret, j'en suis certaine.

— Maintenant, on sait pourquoi l'Invincible Armada a échoué, commenta Prue.

— Hé, pas si vite, reprit Phoebe. Si on suppose que cette Mary Howard est bien la je ne sais combien de fois arrière-petite-fille de Niall, qu'est-ce qui nous fait dire que c'est une sorcière et qu'elle a coulé l'Invincible Armada ? On n'a aucune preuve !

Prue consulta sa montre, il était minuit moins sept.

Elle se tourna vers sa sœur et eut un terrible pincement au cœur.

— Je suis désolée, mais on ne trouvera plus rien maintenant. Il faut se résigner...

Niall saisit la main de Phoebe et chercha son regard.

— On ne doit pas changer le cours des choses par la magie… Vois ce qu'ont fait Diana et ses disciples. Nos motifs sont différents, mais je crois qu'il vaut mieux se faire une raison. C'est trop dangereux. Nous ne pouvons mesurer la portée de nos actes.

Il poussa un soupir, esquissa un sourire d'une tristesse infinie.

— Je t'aime et cela, rien ne l'effacera jamais…

La jeune femme enfouit la tête au creux de son épaule.

— Mais je ne veux pas te perdre ! souffla-t-elle d'une voix étouffée.

— Moi non plus. J'aimerais pouvoir rester avec toi pour toujours.

Prue fit signe à Piper de la suivre.

— Viens, on les laisse tranquilles deux minutes.

Elles se retrouvèrent dans le salon, où Diana dormait toujours sur le divan.

— Qu'est-ce qu'on va faire d'elle ? demanda Piper.

— Rien. Elle ne représente plus aucun danger maintenant qu'on a neutralisé le pouvoir des menhirs.

Les deux jeune femmes s'installèrent dans les fauteuils et restèrent là en silence à attendre de consoler leur petite sœur.

La porte du salon s'ouvrit soudain avec un léger clic, et Phoebe apparut. Seule.

Elle était pâle et ses joues étaient baignées de larmes.

— Il est parti, annonça-t-elle simplement. Il s'est servi du sortilège de Merlin et il est rentré chez lui.

Elle paraissait étonnamment calme.

Quelque part dans l'appartement de Diana, une horloge se mit à sonner. Il était minuit juste.

Prue s'avança vers sa jeune sœur et lui passa un bras autour du cou.

— On sait comme ça fait mal, ma puce. Mais, crois-en l'expérience de quelqu'un qui est passé par là, tu guériras.

— On t'aidera, ajouta Piper en lui prenant la main.

— Merci, heureusement que vous êtes là. Vous savez, je pensais... Niall a eu de nombreux descendants... Il doit y en avoir certainement dans le coin, non ?

Elle arbora un immense sourire avant de demander :

— D'après vous, c'est possible que certains d'entre eux soient des hommes ? Des célibataires ?

Prue se mit à rire. Sa sœur faisait certainement un gros effort pour plaisanter comme ça. Elle la reconnaissait bien là ! Ne jamais se laisser abattre...

— Pourquoi pas ? Je propose d'aller prendre un verre pour nous changer les idées. Qui sait ? Peut-être croiserons-nous un beau ténébreux qui lui ressemblera…

— Attendez une minute, lança Phoebe devant le bureau de la réception. Qu'est-ce que j'ai fait de mon passeport ? Je crois que je l'ai laissé dans la chambre… Ah, non, il est là !

— Ça vaut mieux, lui dit Prue, on ne t'aurait pas laissée quitter le pays, sinon.

Après avoir réglé leur note d'hôtel, les trois sœurs s'apprêtaient à quitter le Trelawney lorsqu'une voix familière les interpella :

— Piper ! Ma chérie, enfin !

— Oh, non… soupira-t-elle en apercevant Sir Andrew qui accourait vers elle.

— Où partez-vous ? Pourquoi n'avez-vous pas répondu à mes messages ? Vous avez bien reçu mes fleurs ? Et mes petits mots ? Chérie, répondez-moi !

Prue incendia sa sœur du regard.

— Tu ne devais pas régler ce petit problème avant de partir ?

— Si, si…

La jeune femme extirpa un sachet en plastique de son sac.

Une épouvantable odeur d'ail pourri s'en échappa.

— Pouah ! s'exclama Phoebe. Je ne m'assieds pas à côté de toi dans l'avion. Qu'est-ce que c'est que ça ?

— Un antidote.

Elle saupoudra le tout sur un bouquet de fleurs non moins nauséabond, qu'elle avait confectionné la veille.

Comme le vieil homme s'approchait, elle lui tendit le bouquet et déclara en souriant :

— Sir Andrew, quel plaisir de vous voir !

— Piper, je...

Il s'arrêta net, humant l'air autour de lui.

— Grands dieux, quelle est cette puanteur !?

Elle lui colla les plantes jusque sous le nez.

— Oh, vous voulez parler de mes fleurs ? Leur parfum est plutôt inhabituel, n'est-ce pas ?

Il eut un mouvement de recul, tira un mouchoir brodé à ses initiales et fit mine de se moucher.

— Hum... Excusez-moi, un mauvais rhume...

Tout en disant cela, il recula discrètement et manqua de se prendre un pied dans le tapis.

— Sir Andrew, je suis désolée de ne pas avoir répondu à vos messages, mais je suis tout à vous maintenant...

Voyant qu'elle se rapprochait, il tourna les talons et s'enfuit en courant.

— Revenez ! Je voulais justement vous inviter à dîner ce soir ! Sir Andrew !

Au seuil de la porte, il se retourna et bredouilla en retenant sa respiration :

— Oui, euh... Hum... Je suis navré, mais des affaires d'une extrême importance m'appellent à

Londres. Je… quitte la ville dès cet après-midi et, hum… je venais vous dire adieu.

— Oh… lâcha Piper en fronçant les sourcils. Comme c'est dommage !…

Elle se retenait de ne pas éclater de rire. D'autant plus que ses sœurs ne cachaient pas leur hilarité !

— Tant pis ! lança-t-elle au vieux monsieur. Je suis tellement déçue…

— Adieu, mademoiselle.

Il inclina la tête et s'éclipsa avant qu'elle ne puisse le rejoindre.

— Ouf ! Vite, une poubelle !

— Ton antidote est aussi efficace qu'il empeste… gloussa Prue. En tout cas, bravo ! Tu t'en es sortie avec brio !

Phoebe prit ses sœurs bras dessus bras dessous et les entraîna vers la sortie.

— Avec tout ce qu'il nous arrive, les filles, il faudrait écrire nos Mémoires !

— Si on se contentait de rentrer à la maison pour le moment ? proposa Prue en lui lançant un clin d'œil complice.

Dans la même collection

Charmed

1. Le pouvoir des trois
2. Le baiser des ténèbres
3. Le sortilège écarlate
4. Quand le passé revient
5. Rituel vaudou
6. Menaces de mort
7. Le violon ensorcelé
8. Le secret des druides
9. La fiancée de Nikos
   (à paraître en septembre 2003)

Composition : Francisco *Compo*
61290 Longny-au-Perche

Impression réalisée sur Presse Offset par

BRODARD & TAUPIN

GROUPE CPI

La Flèche (Sarthe), le 03-06-2003
N° d'impression : 17719

Dépôt légal : juin 2003

Imprimé en France

POCKET jeunesse

12, avenue d'Italie • 75627 PARIS Cedex 13

Tél. : 01.44.16.05.00